파이게임
PIE GAME

게임 3부작

4

배진수 만화

일러두기 만화적 표현을 재미있게 살리기 위해 저자가 일부러 틀리게 사용한 맞춤법 및 띄어쓰기가 있습니다.

PIE GAME 4

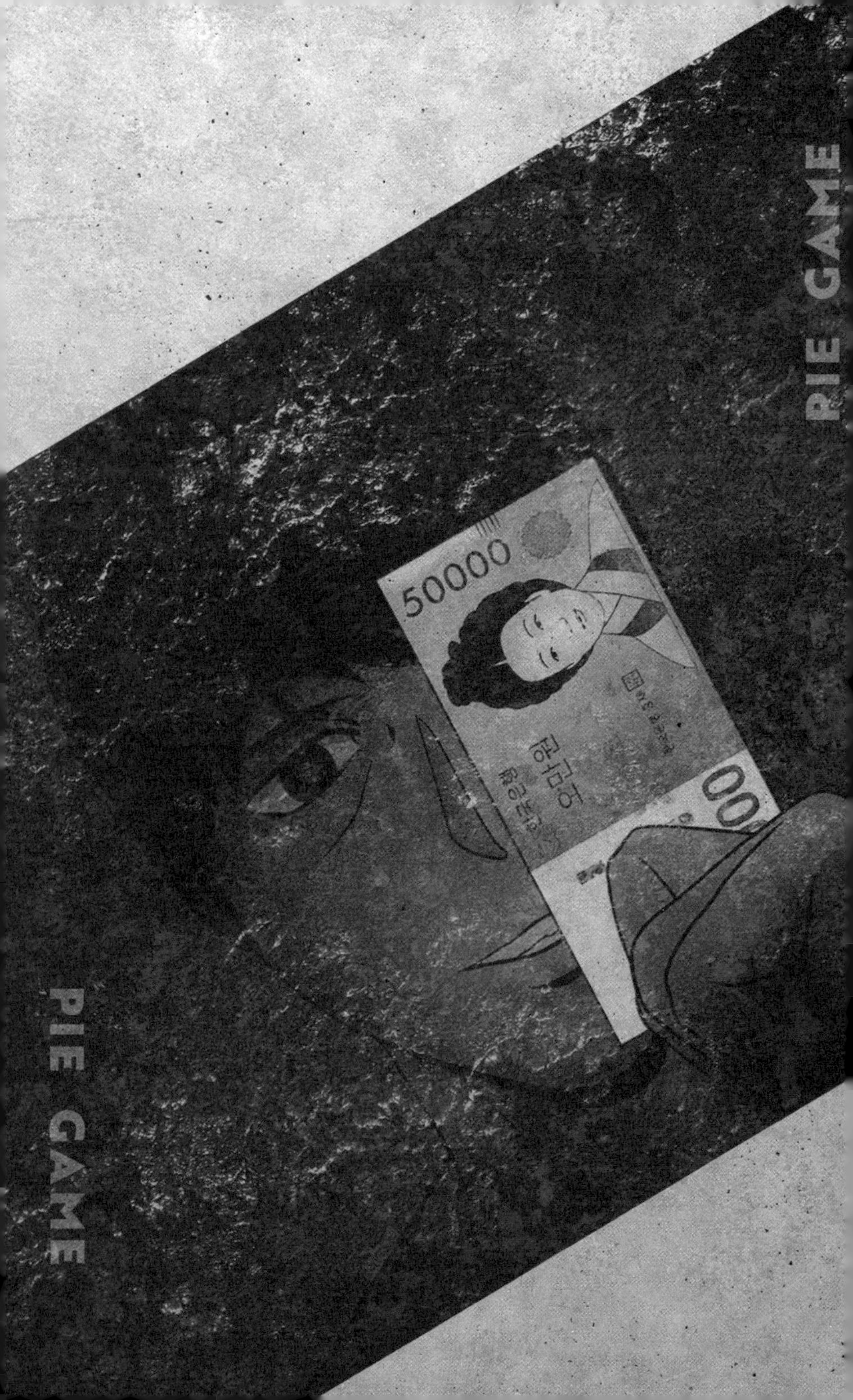
PIE GAME
50000
PIE GAME

파이게임
PIE GAME

#46

"학습된 무력감"

3층 님. 혹시

위층에 오실 생각 있으신가요?

네?

소리가 들린다.

사각사각-

펜촉이 종이를 긁는 마찰음이 들린다.

파이게임의 지속적 시간추가를 위한
공작 시나리오

- 기획자 : 1층
- 기안자 : 1층
- 기만자 : 1층

1층은 쉬지도 않고 지치지도 않고
기획을 짜고, 각본을 쓰고, 연출을 한다.
연속해 흥행작을 내기 위해 분주히 움직인다.

그리고 그가 쓰는 작품의 출연진은
언제나 변함없이

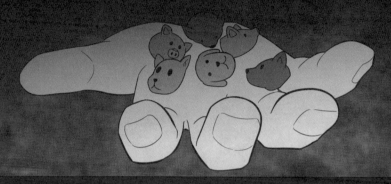

6마리 개와 돼지.
뛰어봤자 그의 손바닥 안인. 애써봤자 그의 발 아래인.

대답을 피한다. 이게 최선이다.
비록 개돼지에 불과하지만, 이 정도로 쳐맞으면
덜 아프게 맞는 방법 정도는 터득한다.

그래요

그의 말대로, 시간은 많다.
1층의 모략과 협작과 간계 덕에 역대급으로 많이 적립됐다.

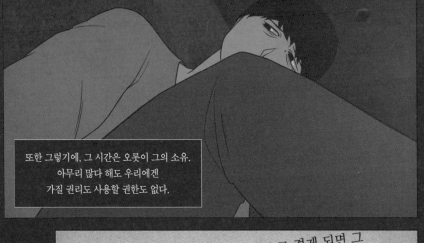

또한 그렇기에, 그 시간은 오롯이 그의 소유.
아무리 많다 해도 우리에겐
가질 권리도 사용할 권한도 없다.

Q. 피할 수 없는 힘든 상황을 반복적으로 겪게 되면 그
상황을 피할 기회가 와도 극복하려는 시도 없이
자포자기하는 현상을 무엇이라 하는가?

)

피할 기회
상황을 피할 기회가 와도 극복하려는
자포자기하는 현상을 무엇이라 하는가?

(   )

학습된 무력감

시간도 무기도 동료도 아무것도 없는 우리가.
그중 특히 아무것도 가지지 못한 내가.
할 수 있는 건

게

할 수 있는

있지 않나?

지금이라면, 충분히 가능한 거 아닌가?
1층이 가진 정체불명의 무기가
뭔지는 모르겠지만

방심을 틈타 뒤에서 급습하면,
그 잘난 무기를 꺼낼 틈조차
주지 않으면,

꿀꺽-

사지 멀쩡한 내가 몸이 불편한 그를
제압하지 못할 이유는 없지 않나?

한 번도 방심한 적 없는 그가 1:1 구도에서 등을 내어준다?
는건.

THREE

TO

ONE

G O

으흡?

잡았다.

우당탕쿵탕~

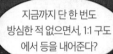

지금까지 단 한 번도
방심한 적 없으면서, 1:1 구도
에서 등을 내어준다?

…는 건 좀 이상한데?

그렇죠?

3층 님 생각에도 많이 수상하죠?

그렇다. 수상하다. 어쩌면, 아니 높은 확률로, 함정이다.

이 무방비한 1:1 구도 또한 의도된 연출. 미끼. 1층의 테스트였을 것이다.

내 반응을, 나라는 인간을, 떠보기 위한 시험.

흐음…

209,960,000

그럼, 천천히 생각해 보시고 말씀 주세요.

그리고…굳이 해야 할 이야기는 아닌데.

3층 님, 끝까지 잘 살아남을 것 같아요.

믿으셔도 돼요. 제가 편견 없이 사람을 봐서, 꽤 잘 파악하거든요 그런 거.

지금껏 1층이 했던 모든 말이 거짓이라 해도
편견 없이 사람을 본다는 저 말만큼은
거짓이 아닐 것이다.

왜냐하면

게임의 말로 쓰이는 기물.
그러니까 물건에게, 편견 같은 걸 가지는 사람은 없으니까.

게임 시작 73일째.

217:43

게임 속 게임 시작.
게임 속 게임의
게임 이름은

돌아온 그때
그 시절 예능!!!

전설…

레트로~~~쇼!!!

우리는 전설이 된 예능
들을 알고 있습니다.

화려한 게스트와 흥미진진한 게임으로 주말 저녁을 책임지던, 시청률이 천장을 뚫던 그 전설의 예능들.

가사를 까먹으면 쟁반을 맞아요! 쟁반 가요방!

복불복에 실패하면 까나리 액젓을 마셔요! 2박 1일!

금칙어를 말하면 물에 빠져요! 위태한 초대!

이 스튜디오 안에서, 요 재밌었던 예능들을, 다시 한번 재현해 보려 합니다.

단! 예전 그대로는 물론 아니죠! 똑같이 재탕하면 시시한 재방송밖엔 안 될 테니까요

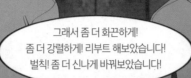

그래서 좀 더 화끈하게!
좀 더 강렬하게! 리부트 해보았습니다!
벌칙! 좀 더 신나게 바꿔보았습니다!

쟁반은 좀 많이 더
무거워졌습니다. 경추가
수납될지도 모릅니다.

까나리는 소변으로 대체
되었습니다. 제것이니까
포상은 아닐 겁니다.

물 대신 압정이 깔려
있습니다. 웃으며 걸어
나오진 못할 것입니다.

어때요! 재밌겠죠? 당연히 재밌죠!
예능의 정수는 이러니저러니 해도
가학성! 가학이 더 가혹해졌는데
덜 재밌을 리가 없죠!

재밌겠죠? 재밌을 거야!! 재밌다고 말해!!!!
라며 억텐으로 호들갑 떨고 있지만. 그닥 와닿는 기획은 아니다.

위층에게 잘 보이기 위해, 쓸모를 증명하기 위해,
온종일 생각한 기획이 겨우 그 정도라면, 4층의 명줄도
그리 길진 않을 것 같다란 생각이 들었다.

하지만

시X…

그게 무슨 상관인가. 재미없어 시간이 덜 벌린다면
또 다른 걸 생각해내면 될 텐데
또 다른 게임을 시키면 될 텐데

그리고 이 반복에
갈려져 나가는 건
어차피

우리 둘 뿐일 텐데.

처음엔, 내가 받을 생각이었다. 벌칙.
2층 님에게 미안해서. 쪽팔리기도 해서.
하지만.

10kg UP

벌칙 수행의 도구를 가장한 벌칙 집행의 흉기를 보자

벌칙 수용의 의지가
훅, 꺼져버렸다.

죄송해요 2층 님.

이거 말고, 복불복 '그거' 마시기 게임은
제가 도맡을게요. 진짜로 제가, 그거 제 특기니까,
진짜 제가 쪽쪽쪽 빨대로 빨아 먹을게요.

자 그럼,
다같이! 흥겹게!
외쳐볼까요?!

쟁바아아아아아안~~~~

가요바아아아아아앙!!!!

예상대로 시시껄렁한 게임이었다.

동요가사를 암기시킨 후 번갈아가며
한소절씩 부른다. 그러다 아차 틀리면
쟁반을 맞는. 그뿐인 게임.

< 모르겠고 우린 놀아요 - 작가미상 >

우리우리는 사이좋은 친구♪
매일매일을 사이좋게 놀아요♬
너랑나랑은 둘도없는 친구♩
매일매일을 즐거움게 신나게♬

아빠의 수상한 블랙박스 삭제도~
엄마의 이상한 두번째 핸드폰도~
누나의 요상한 서랍속 라이터도~
형아의 괴상한 비밀 외장하드도~

우린 모르겠고 매일매일 놀아요♬
우리우리는 사이좋은 친구♩
너랑나랑은 둘도없는 친구♪
매일매일을 즐거움게 신나게♩

미친 뭔
노래가;;;

하지만 4층의 호언장담대로
게임이 시시할망정 벌칙이 시시하지는 않았다

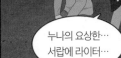

누나의 요상한…
서랍에 라이터…

땡! 틀렸죠?
2층 님 벌칙 갑니다!

흐익!
큭…

우리우리는…
비밀 친구…?

까앙-

매일…매일…매일을…

까앙-

교교교교…
교우관계…

21

그 후로도 한참이나 암기와 노래를
반복했지만, 완창은 불가능해 보였다.

아하아암_

이대로는 큰일날 것 같아 2층 님 대신
벌칙을 받으려 시도해봤지만

가사…뭐였더라……
뭐였더라… 여기…

그조차 마음대로 되지 않았다.
이젠 첫 소절도 못 외울 지경이 되었다.
소절은커녕 본인 이름도 못 외울 지경이 되었다.

멈춰야 한다. 더 했다가는 죽는다.
아니, (돈 때문에) 죽게 두진 않을 테지만
죽는 것보다 못한 상태가 된다.

…‥‥

라고 생각(만) 하던 그때
구원의 손길이 뻗어왔다.

한 명만 계에에속
벌칙 독식하니 흥이 살짝
식네요. 그렇죠?

그럼 잠시 쉬어가는 의미로
근황토크 타임! 이쯤에서 가져보면
어떨까 하는 생각이 드는데요!

2층 님의 컨디션 조절을 위해.
즉 게임의 템포 조절을 위해.

여튼 돈을 더 챙기기 위해.
휴식을 가지는 거겠지만, 일단은 잘됐다.
이 상태로 계속 했다간

이런 상황이 될 게 뻔하니.
그러니 어쨌든, 의도야 어쨌든,
지금 당장은 4층이 고맙다고.

자 그럼, 정신없는 와중
2층 님과 토-크 들어가볼까요?

자 그러니까~
뭐가 궁금한가 하며언~~

단지 그렇게만.
그저 그 정도로만.
생각했지만.

들었다.
2층 님에게만 겨우 들릴 정도로. 짧고 빠르고 나지막이 속삭인

2층 님

4층의 대사를.

수작부리지 마세요.
다 까발리기 전에.

파이게임
PIE GAME

#47

"잠시 빌붙어 누리는 그 안락함"

분명히 들었다.

착각도 환청도 아니다.
분명.

자꾸 수작 부리면
그땐 나도 못 참고
일름보가 되는 거야.

확실하다.
4층은 뭔가 눈치를 챘다.
2층의. 이

까 앙-
까 앙-

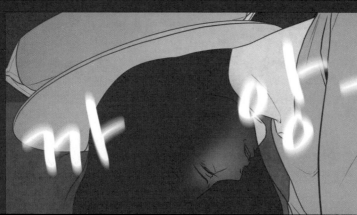

까 앙-

연속 벌칙 당첨이 실력 부족도 실수 연발도 아닌
의도적 유도였단 걸 눈치챈 것이다.

언제 끝나요?

팔 아파요.

바들바들-

바들들-

알겠지만, 왜인지는 모르겠다.
2층은 왜 독박 벌칙을 자청한 거지?
혹시.

두통이 심해 업무
집중이 어렵습니다. 이에
병가 요청드립니다.

흐음…

2층 사우님은 평소
근태 관리가 훌륭했으니,
네, 푹 쉬시고 오세요.

이러고 싶…
었던 건 물론 아닐 거다.

명예의 2층

2층은 도망칠 사람이 아니다.
그러니
이 추측보다 더 적중률 높은 추정은

쿠웅-

이 상황을 연출하려 했을 것이다.
그리고 이 연출로 만들고 싶었던 구도는

2층 님!!

주그면
안돼~~~

바로 이것. 본인 주위에 사람들이,
특히 1층이 사정거리에 들어오는
상황을 만들고 싶었을 것이다.

저런, 많이
힘드신가 봐요?

씩씩하게 털고
일어나세요.

계속 해야죠 게

이

ㅁ

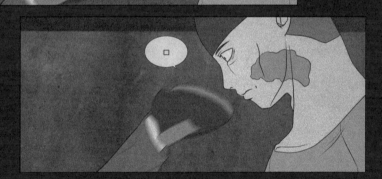

KO

CRITICAL HIT!

자신 있었을 것이다.
무기를 가진 1층만 제압하면
나머지 두 놈은…

후소천궁퇴 : 3RKLK

구아아악!!

우린 X됐습니닷!!

아니, 7층은 고려할 필요조차 없고,
층은 이미 다이다이로 박살낸 전적이 있으니
자신감은 충만했을 것이다.

깝치고 있어.

한주먹도
안되는 것들이…

이 가능성을. 이 기회를.

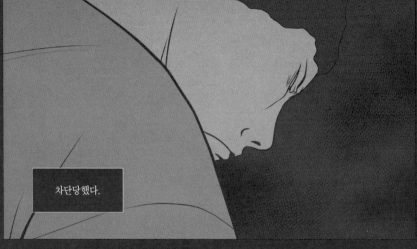

차단당했다.

그건 우리가 아니라
윗분들이 결정하실
사항 같으니까…

한번 물어보도록
할까요?

다시 말하지만, 시시한 게임이었다.
이전까지의 초자극 게임에 비하면

그러니 이딴 게임으로,
많은 시간을 획득하리란 기대는……

응?

뭐지, 저 예상을 훌쩍 뛰어넘는 혜자로운 시간 추가는.
그런 게 취향이었나? 이런 게 재미진 건가?

네. 이 정도면 충분하네요.
고생하셨습니다 모두.

그럼 4층 님, 사고 싶은 거
말씀주세요. 한 시간 정도는
팍팍 쓰셔도 돼요.

아…네!
감사합니다!

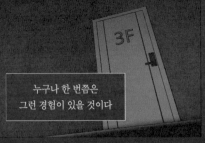

누구나 한 번쯤은
그런 경험이 있을 것이다

때리는 당사자보다 그 당사자에 달라붙어 권세를 누리는
기생충같은 새끼가 더 미웠던.

더 꼴보기 싫었던 기억이,
있을 것이다.

만화책 사도 되죠? 챙겨보던 거
있는데 여기 와서 못 봤거든요
여기 넘 심심하잖아요?

박쥐같은 새끼……

쭉쭉 짜는 거죠
다 쓴 치약 짜듯이.
쭉, 쭈욱.

어떤 식으로 폐기하는지.

네가 빌붙어 누리고 있는 그 안락함은
네 몸을 담보 잡혀 잠시 빌린 거란 걸,
잊지 않았으면 좋겠다.

잊지 않고
매분.
매초.
반추하며 고통스러워 했으면 좋겠다.

AIR MIC

한 주 동안… 은 농담이고, 하루 동안 안녕하셨습니까 여러분!!!

어제 시청자 분들이 보여주신 큰 사랑! 잊지 않으셨죠?! 그 성원에 힘입어 오늘도 열심히 달려보도록 하죠!

그럼, 다 함께, 힘차게, 외쳐볼까요?!

레트로오오오~~ 쑈오오오!!!!

지금! 시작합니다아아악!!!

Retro Show

어제의 게임이 육체에 타격을 입히는 게임이라면
오늘의 게임은 정신에 타격을 입히는 게임.

어째서 육체의 타격이
아니냐구요? 더러운 소변을
마시는 건데?

PeePee

오줌박사
오박사(53, 모쏠)

갓 배출한 소변은 완전한 무균 상태거든요!
심지어 눈물보다 깨끗하답니다! 레알펙트!

오줌마스코트
오코트(4sec. 모쏠.)

복불복 까나리 마시기가 아닌. 복불복 소변 마시기.

그럼 게임에 쓸
소품 좀 만들겠습니다.
잠시 실례.

저, 어제부터 힘껏
참았다구요 그래야 넉넉~
하게 나올 것 같……

오!
(오줌생성효과음, 0.15sec.)

그리 머지 않은 미래에.

자아, 전 분비…아니,
준비 마쳤는데, 여러분은
어때요? 준비 되셨나요?

쓰임새를 다해
개처럼 버려지는 그 날이 오면

진심을 담아, 힘껏, 박수를 쳐줄 계획이다.

하야… 목말랐는데
마침 잘됐네요

급히 마시면 체할 것 같으니까
빨대 좀 주시겠습니까?

츄릅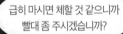

흠~

으흥흠~

이럴 계획이었다.

거짓이 아니다. 기꺼이 이럴 계획이었다.

츄와아아아아아악~

히야!
빅-상쾌!

2층 님을 위해. 내가 대신.
이거라도. 그렇게 할 계획.

자~ 그럼.

이었지만.

잘 고르면 빈통
못 고르면 오줌통!

인생 한 치 앞도
몰라 복불복 타임!

이번 게임은 지력이나 근력이나
체력이나 담력을 겨루는 게 아닌
오로지 운빨존망젬.

자! 천천히 골라보세요!
시간은 많으니까!

하지만 분명 방법은 있을 것이다.
아무리 운존껨이라 하지만 상대는 인간.
분명 틈을 보일 것이다. 그게 방법이 되어줄 것이다.

제가 먼저
고르겠습니다.

4층이 들고 있는 패트병의 원 용량은 2리터.
그중 2/3 정도를 채웠으니 못해도 1.2 리터.
즉 1.2KG.

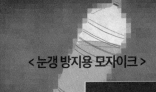

< 눈갱 방지용 모자이크 >

그리 무겁진 않지만,

저 자세로 장시간 들고 있으면 분명 피로가 쌓일 것이다.
피로가 쌓이면 반드시 티가 날 것이다.
어느 쪽이 진실의 오줌인지.

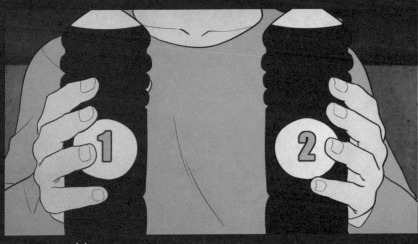

그러니
최대한
미적미적
미적
미적미적
미적
미적
미적
시간을
끌고
있
으
며
ㄴ
·
·
·
·

스으_

피 잉-

보였다!

2번! 2번으로 할게요!

2번…이요?

축하드립니다!
빈병 당첨입니다!!

아.

아.

그래. 보였다.
하지만 본 주체는 내가 아니었다.

어휴 3층 님 너무하시네요! 어제
2층 님 혼자 그렇게 고생하셨는데,
이것까지 먹이시게요?

2층 님을 구제해주려는 내 의도와,
그 의도로 굴린 잔머리까지, 모두 간파당해버렸다.
본 건, 내가 아니라 4층이었다.

아하하하하하!!!

빌드업 기가 막혔어요
4층 님! 아하핫!

짝짝짝짝짝—

공중파엔 이런 분이 진출해야
하는데! 아하! 아하하!!

더럽다. 기분이. 너무. 더럽다.
의도야 어찌되었든 결과는 4층의 말 그대로 됐으니.

짝짝짝짝짝—

어제 하루종일 시달린 2층 님에게
더러운 소변을 대접한 사람이, 바로 나.
내 손으로 대접한 꼴이 되었으니.

응?

4층.

짧은 순간이었지만 봤다.
1층은 못 봤겠지만,
내 쪽에선 선명히 보였다.

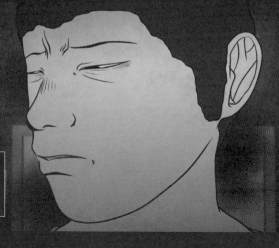

방을 바꿔준다는 1층의 말에
순간적으로 스쳐간
4층의 굳은 표정이.

파이게임
P I E G A M E

#48

"숫자와 맞바꾼 인간의 존엄"

기뻐해야 하는 거 아닌가?

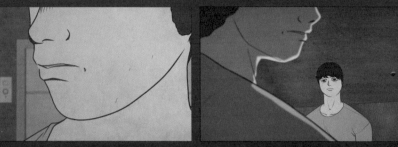

그걸 바라던 게 아니었던가?
원하던 것에 가까워진 게 아니었던가?

4층 님의 근무 역량과 성과가
전사에 귀감이 된 바, 금번 방 바꾸기
심사에 가산점을 부여합니다.

위층의 신임을 얻어
층을 지키고, 몸을 지키고, 돈을 지키는 거.
그런데, 왜 저런 표정을……

감사합니다 1층 님! 더욱
열심히 하는 MC4F 되겠습니다!

완전체 1층의 가드를 뚫어낼 기회가
단 한 번이라도, 오기나 할까…

1번…

다음 복불복 픽은 2층 님이 했고, 결과는.

세상에! 기가 막히게 잘
골라내시네요! 목 많이
마르셨나봐요? 하핫!

또다시 2층 님이 당첨……

…된 걸 더는 앉아서,
아니, 서서 볼 수가 없었다.
몸이 괴로운 것보다
마음이 괴로운 게 더 괴로웠다.

코로 마시기. 이걸로 가보죠 어때요 3층 님?

대체 저 새끼는.

대체 언제부터 대체 어디까지 미친 새끼인 것인가.

그 정도 패널티는 있어야 윗분들도 납득하지 않겠어요?

국비지원 미친 새끼 교습소라도 다닌 건가? 국가공인 미친 새끼 자격증이라도 딴 건가? 라며, 속으로 온갖 저주를 퍼부었지만

네…제안 받아 들이겠습니다.

2층 님을 구제할 방법이 생겼단 것만으로도 지금으로선, 마음이, 덜 괴롭다.

이 정도는
각오하고 있었다.

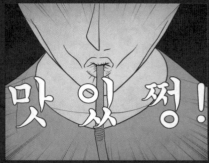

맛 있 쩡!

하지만 현실은 내 각오보다 훨씬 가혹했고

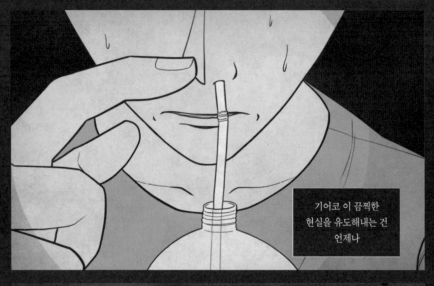

기어코 이 끔찍한
현실을 유도해내는 건
언제나

기대하고 있어요
3층 님! 뭔가 보여주세요!
아, 토하진 마시고

저.

그.

이.

1층이었다.

크헝.
흐엉.

쿠르륵!

주륵-

상처…아니, 콧줌(코+오줌)뿐인 영광.
이지만.

이걸로 조금은 빚을 갚은 거면 좋겠다.
조금은 짐을 덜어낸 거였음 좋겠다.

캬! 역시 너그러우신
VVIP 분들이십니다!
믿고 있었다구요!!

다행스럽게도, 어제에 이어 오늘도
또다시 혜자로운 적립. 주최 측은
이 유치한 게임을 참으로 좋아하는 것 같다.

수고하셨어요 4층 님.
오늘은 뭘 사드리면 될까요?

후레쉬 하나만요.
방 너무 어두워서
책을 못 읽겠어요

네, 그러시지요.
4층 님은 명실공히 우리
에이스니까요.

예고된 내일의 게임은.
백만 압정바다 입수 게임.

오지 않았으면 좋겠다.
내일 같은 건.

오지 말았어야 했다.
이런 게임에.

모르지 않았다.
이 게임은 노력과 재능을 파는 게임이 아니라는 걸.
고통과 혐오와 증오를 파는 게임이라는 걸.
알고 있었지만.

저 숫자.
오늘의 안정과 내일의 행복을 수치화시킨
저 숫자의 마력을 떨쳐낼 수가 없었다.

이 사회에서, 저 숫자가,
지닌 의미와 위력을 알기에
도저히 무시할 수가 없었다.

그리하여 발을 들였고.
그리하여 그 결과…
아니, 그 대가는……

우웃-

구웨에에에엑!!!

촤아아악-

하아-

하아-

하아-

어제 한 선택의 대가는 바로 이것.
입으로 오줌을 토하는 오늘.
숫자와 맞바꾼 인간의 존엄.

죽더라도 눈깔 하나 정돈
파버릴 수 있지 않을까.
잘 못 걷는 몸에 잘 못 보는
옵션도 추가해줘 버릴까.

절뚝—

3층 님.

전에 한번 말씀드렸었죠?
'위층'에 오실 생각 없으시냐고

뭐.

오늘 확신이 들었어요
3층 님은 위로 가셔야 해요
여기 계시면 안 돼요

뭔 확신. 내가 오늘 뭘 했는데.
왜 갑자기 실버에서 플레로 승급시켜 주는 건데.
왜 4층이 아니고 난데.

여기, 카드 받으세요
5층 님도 방 바꾸는 거
허락하셨어요

아니 뭐라도 좀 디테일하게
씨부려 달라고. 설명 한 줄 없이.
그냥. 다짜고짜……

어?
잠깐……
카드?

이 카드, 어떻게 방에서 가지고 나온 거지?
분명. 내 기억이 맞다면

이거, 가짜 카드야. 진짜
카드였다면 들고 나왔을 때 시간
반으로 줄었을 테니까!

분명, 배송구로 습득한 물건을 방 밖으로
가지고 나오면 패널티가 주어진다고…

왜 그렇게 놀라세요?
아, 혹시, 제가 카드 맘대로
들고 다니는 거에 놀라신 거?

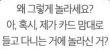

순식간에 꿰뚫렸다. 투명하게 보여졌다.
머리도 눈치도 너무 좋아 거의 독심술사 수준,
아니 어쩌면 그 이상.

말씀드렸잖아요.
3층 님이 하신 추리 중,
'반만 정답'이라고

그 카드, 쓰레기에
섞여 내려왔다기엔
너무 깨끗함!

찐 카드 들고 나오면
시간차감됨!

카드는 그 룰에 해당되지
않아요 애초에 광장에서
나눠 준 카드니까.

그게 아니라면,

'카드를 이용해 방을 바꿀수 있다.'
라는 기믹이 존재하지도 않았겠죠?

또 당했다. 아니, 남에게 당한 게 아니다.
나 혼자 속단하고 나홀로 단정 짓고 있었을 뿐이다.
난, 나에게, 또 당했다.

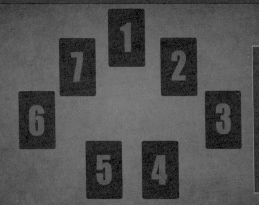

어떤 쪽으로도 해석 가능한
이 패널티 룰은 카드의
진짜 용처에서 눈을 돌리려는
주최 측의 교묘한 말장난.

누군가는 간과했고
누군가는 검증했다.

그러니까 안심하고
받으세요 3층 님.

검증하고 확인한 유일한 1인은 1층.
그러니 어쩌면,
이 게임은 1대 6의 싸움.

그리고 저
'1'의 머리는 늘 나머지
'6'의 머리를 압도적으로 압도했다.

그럼, 쉬세요

저는 문 안 막아놓으니까,
자유롭게 출입하시면 돼요

아, 곧 자정이니까
오늘은 푹 쉬시구요

철컹-

다른 층에서 밤을 지새는 건
게임 이래 첫 경험.

언뜻 내 방과 별다를 바 없는 방.
하지만 분명히 별다른 점은

쓰으으으으음--

달다…

공기가 달랐다.
음쓰와 분변과 절망의 향이 첨가되지 않은
그야말로 깨끗한 공기의 맛. 소위 '높은 곳'의 공기.

그리고
누구나 다 아는
또 하나의 치명적 차이점은.

4억……

359,960,000

단 2층 차이지만.
내 방과는 무려 2배의 상금 차이.

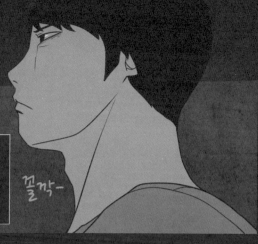

저 정도 시드머니라면 치킨집이 아닌
대출찬스+로 별벅스나 둘썸플레이스
오픈도 가능한 액수.
앉아서 월 수백 순익을 땡길 수 있는 자본.

꼴깍-

등등의 갖은 행복회로가 돌아가지만.
그만. 여기까지.

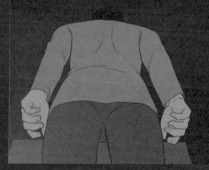

정신 차리자.
지금은 이딴 희망상회로나 돌리고 있을 때가 아니다.

그딴 망상은 무사귀환이 확정됐을 때,
손에 돈이 쥐어졌을 때 해도 된다.

1층이 방을 바꿔준 저의를 파악하는 게 먼저다.
무슨 꿍꿍이로 그랬는지 파헤치는 게 먼저다.

보고 들은 모든 것이 단서가 되어줄 것이다.
그 단서들이 날 살릴 동아줄이 되어줄 것이다.

지금은 엉킨 단서를 풀어 생명줄의 시작점을
그러잡는 것에 집중할 때…

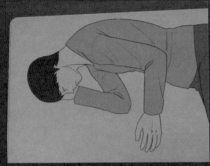

응?

하지만, 그러기엔,
그런 부하가 많이 걸리는 연산을 수행하기엔,

으어! 안돼!

버텨야 해!!

이미 너무나 딸피&딸엠 상태라
몸&뇌 어느 것 하나 말을 듣지 않는다.

이대로 잠들면 안

돼.

코오-

레트로오~~

우리 뭐라도 해야
되는 거 아녜요?

히히 젓가락 발싸!

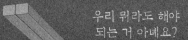

TyTy쏘!!!!

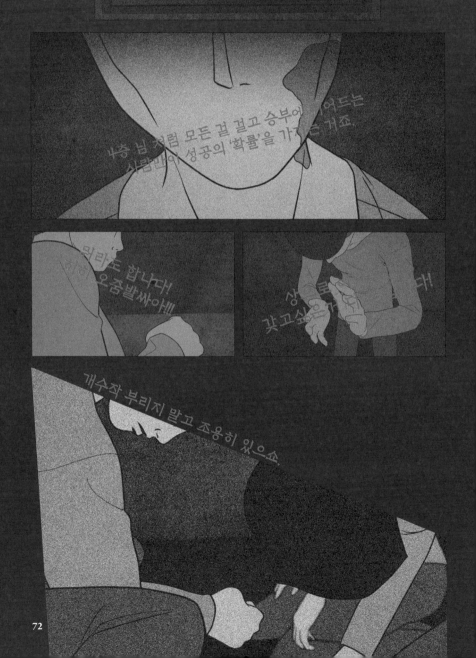

배신자?

의식이 꺼진 와중에도
무의식은 묵묵히 자기의 할일을 해나갔다.

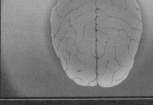

열심히 분류하고 분석하고
의미를 헤아리려 애썼다.

하루종일 보고듣고느낀 수많은 정보들 중
유의미하거나 유용하다고 판단되는 것들만 취합해

1층은 왜 갑자기 방을 바꾸라고 한 거지?

2층은 대체 어떤 계획을 가지고 있었던 거지?

4층은 뭘 믿고 그런 시시한 게임을 기획한 거지?

5층은 왜 순순히 방을 포기한 거지?

그리고 주최 측은

뭐에 꽂혀 그렇게 넉넉하게

시간 추가를 해준 거지?

장시간의 연산 끝에
내 무의식은
어떤 결론 하나를 도출해 냈는데.

그 결론은,

우리,
X된 것 같은데?

였다.

우리,
내일 아침에 죽어.

파이게임
PIE GAME

#49

"5층으로 보낸 이유"

7,719,220,000
그러니까 니 말은.
2호 글마가 우리 다 제낄라 칸다…그말이제?
예, 제가 들었어요. 2호, 싹 다 죽이고 혼자 상금 차지하려고 판 짜고 있어요.
맞나, 근데 그런 엄청난 말 믿어달라면 증거가 있어야 안되겠나.
니 말만 듣고 2호 제끼뻴 수도 없고.
이거, 2호님이 줬어요. 자기한테 붙으라고. 이게 증거에요.

근데…
이상하데이.

싹 다 제끼고 혼자 상금
먹을라 칸다면서, 또 니한테는
자기 편 하자 캤다고?

그, 그거야 당연히…다른 사람
다 없애고 나면 저도 배신할 계획
이었겠죠. 그래서 알리러 온 거구요

배신…

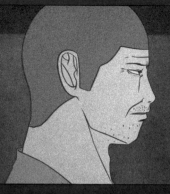

니 삼국지 봤나. 거 나오는 말인데, 한번 배신한 새끼는 또 배신한다 카더라고. 그래서 그런 새끼 투항 하고 와도 모가질 베삐는기라.

네! 제 말이 그말이에요! 2호요! 배신하자는 인간 말을 제가 어떻게 믿겠어요?!

근데 그 논리대로라면… 니도 2호 배신한 거 아이가?

……예?

푸윽-

히익!
이히익!!

이 박쥐같은
새끼 이거…

2호 니 말이 맞네.
이 새끼, 우리 이간질 쳐서
전쟁붙일라 칸다는 거.

말씀드렸잖아요. 이 게임에선
이런 류의 인간이 제일 위험하다고
이쪽저쪽 옮겨 붙으면서
자기 이득만 챙기는 인간.

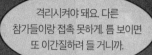

격리시켜야 돼요. 다른 참가들이랑 접촉 못하게 틈 보이면 또 이간질하려 들 거니까.

아뇨. 진짜… 이번엔 진짜예요… 믿어주세요 제발…

마!

니는 오늘부터 물도 밥도 사지 마라.

박쥐면 박

쥐새끼답게 찌끄레기만 묵고 살아야 안 되것나.

아아…

아아…

대가리가
깨져나갈 것만 같다.

아아……

시원한 아아 한잔했음
소원이 없겠네……

밤새 몸은 잠들었지만. 뇌는 그러지 못한 것 같다.
열일. 엄청 바빴던 것 같다.

덕분에 푹 자지 못했다.
피로가 가시지 않는다.
하지만, 또한 덕분에

몇 가지 키워드가
뇌에 각인되었다.

기억담당 해마
입니다. 어제 야근
개빡쎄게 했습니다.

밤새 저장한 주요
기억들을 다시 상기시켜
드리겠습니다.

* 이 해마가 아닙니다.

4층 님께 위층으로
오실 기회를 드립니다!

은박, 면봉, 책,
후레쉬 사겠습니다.

허튼짓 마세요
일러바치기 전에.

5층으로 가세요

두근두근♥

첫 번째…

4층은 방을 바꿔준단 1층의 말을 듣고
안색이 변했다. 인상이 돌아갔다.

두 번째…

4층은 배신의 몫으로
각종 물건들을 구비했다.

세 번째…

4층은 2층의 수상한 움직임을 포착하고
무위로 돌렸다.

네 번째는……

1층은 내 방과 5층의 방을
서로 바꿨다.

그리고 마지막,
다섯 번째…

기대하고 있다규!

주최 측은, 4층이 준비한 시시한 게임에
예상을 초월하는 많은 시간을 하사했다.

그러니까,
대체 왜냐고

모든 항복에 대해
같은 물음표를 붙일 수 있다.
대체 왜?
그들은 대체, 뭣 때문에?

60,000

뭔가… 뭔가
잡힐 듯한데…

한 발. 딱 한 발짝 모자란 기분이다.
각자의 영문 모를 각각의 액션들을 관통하는
열쇳말이 분명히 있을 것 같은데.

30,000

분명… 뭔가……
내가 놓치고 있는 뭔가가…

닿지 않는다.
아무리 애를 써도
그 한 걸음에
못내 닿지 않는다.

나, 휘발되기 전에
한 마디만 할게.

시간 없으니 잘 들어.
목숨이 걸린 문제야.

그들이 꾸미고 있는거,
네가 이미 해봤던거야.

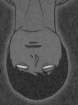

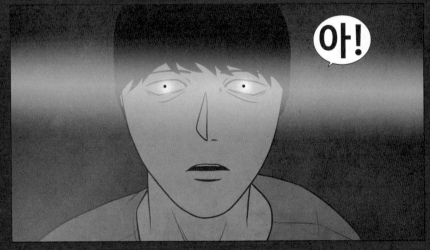

아침 8시. 각 호실 문이 개방되는 소리가
과거의 경험과 연쇄 연상을 일으켜
잊고 있었던 기억이
마침내
떠올랐다.

설마, 이거…

뭉게-

!!!

모든 건 이걸 위한 것이었다.
배신이니 몰카니 레트로니
지리멸렬했던 쇼는 말 그대로 쇼.
사각에 연기를 숨기기 위한 연기였다.

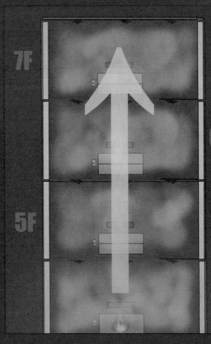

7F

6F

5F

4F

위로위로 올라가는 연기를 이용해
위층에 기거하는 자들을 몰살시키려는 계획이었다.
하지만 아쉽게도,

힘내서 잘 해보세요!
화이팅!

1층은 이미
모든 걸 꿰뚫어보고 있었다.

콜콕시X콜록!

위층엔 이미
위층이 없었다.

철컥-

나가야 된다.
화재 사고에서 사람을 죽이는 건 불이 아니라 연기.
이대로 있다간 순식간에 유독가스에 훈제된다.

철컥- 철컥-

철컥-

철컥-

아!

시X아아아앜!!!

막혀 있다.
누군가 문을 막았다.
아마도 4층일 것이다.

쿨럭쿨럭-

쿨럭-

시간이 없다.
발화점인 4층과 가장 가까운 내가.
가장 먼저 죽을 확률이. 가장 높다.

불행 중 다행인 건, 절체절명의 순간, 떠올렸단 거.

살았다.

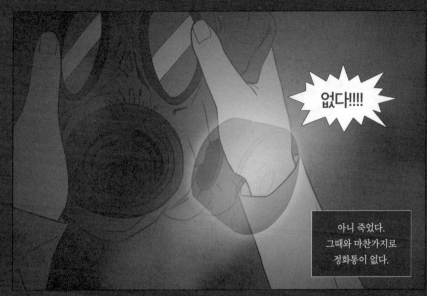

아니 죽었다.
그때와 마찬가지로
정화통이 없다.

쿨럭!!!

의식이 멀어진다.

이대로 죽는 건가.

정말.
이대로.

쿨럭!! 쿨럭! 쿨럭!!!

쿨럭!!!

쿨럭! 쿨럭!!! 쿨럭?

쿨럭!

죽는……

쿨럭—

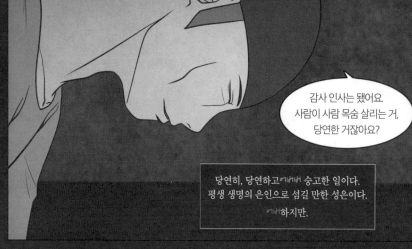

그 생명의 은인이
생명을 위협한 당사자란 걸 알고 들으면,
얼마나 소름 끼치는 대사인지.

정말.

정말, 진심으로
감사드립니다.

4층 님 덕에 100시간이나
늘어났어요. 주최 측 분들,
대만족하셨다구요

게임으로 벌어준 시간까지
합치면 160시간 가까이나 돼요.
4층 님, 1억이나 벌어주신 거예요.

흐…흐극…
흐극흑……

사이코패스이자 철저한 전략가.
아니, 어쩌면 둘은 별개의 기프트가 아니라

사패이기에 감정이나 감상의 개입 없이
차분한. 건조한. 소름 돋는.
전략을 짜는 게 가능한 사람.

ALL IN!

LIFE LIFE LIFE LIFE LIFE
LIFE LIFE LIFE LIFE LIFE
FE LIFE LIFE LIFE LIFE

아니 이젠
저걸 사람으로 부를 수 있는지조차 모르겠다.

크르르-

대체로 훌륭했지만,
살짝 아쉬웠던 점은.

너무 급하셨어요
4층 님. 급하게 움직이니까
눈에 띄는 거라구요

패를 숨기면 뭐해요.

패 쥔 손이 덜덜
떨리고 있는데.

쓰임새를 다한 4층은

어…어으…
어……

어쨌든 수고하셨으니
상을 드려야겠죠?

먼저 쓰임새를 다했던 6층과
다르지 않은 엔딩을 맞이할 것이다.

5층 님, 저 좀 도와
주시겠요? 뽑을 게 있는데
저 혼자서는 힘들…

제발!!!

제발 기회를
주세요!!!

파이게임
P I E G A M E

#50

"한 마리의 사냥감"

애들 데리고 진행하는
캠프에서 가르친 적 있거든요

산에서 조난당했을 때 살아남기!
뭐 그런 시리즈도 있잖아요

물론 실생활에선 아무짝에도
쓰, 쓸모없는 거지만
애…애들 상대로는…

그만.

4층 님. 아녜요 그 텐션이.
국민MC 되시려면 어떤
상황에서든 분위기 업 시키는
스킬 정돈 가지고 계셔야죠

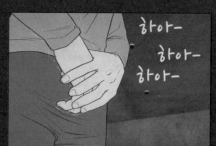

더 뽑혀야 정신 차리실
거예요? 다음은 손가락이
아니라 어깨로 할까요?

5층 님, 화 엄청
나셨다구요 4층 님이 자기
죽이려 했단 거 알고

지금이라면 어깨관절이
아니라 목이라도 뽑을 기센데.
안 무서우세요?

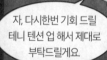

자, 다시한번 기회 드릴
테니 텐션 업 해서 제대로
부탁드릴게요

4층의
범행 자백 타임.

하지만 이 자백이 진중하거나 엄숙하거나 무거운
여느 고해의 시간과 다른 점은.

1층의 주문 때문.
세상에 존재했던 그 어떤 자백보다
신나고 유쾌한 자백을 해달라는.
기이하고 소름끼치는 부탁 때문.

101

하아......

문득......

그리고 이 주문은, 늘 그랬듯, 부탁의 형식을 차용한 명령일 뿐.
4층이 가져갈 선택지는 없었다.

문득! 그런! 번쩍!
생각이 들더라구요!!!

6층 님 골로 가는 걸 보고, 와,
이거 걍 시간 문제잖아? 늦든 빠르든
내 차례 언젠간 오는 거잖아?

그때가 되면 6층보다
더 끔찍한 꼴 당할 게 뻔한데,
이대로 앉아서 당할 수는 없지!

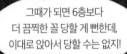

그래! 당하기 전에 먼저 때려야지.
그런 생각을 막 하던 중에…

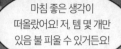

마침 좋은 생각이 떠올랐어요! 저, 템 몇 개만 있음 불 피울 수 있거든요!

가르쳐 본 적 있어요, 애들 상대로 하는 캠프에서!

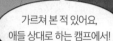

지인짜 간단해요! 건전지랑 저항으로 쓰일 물건, 그리고 불쏘시개만 있으면 누구나 할 수 있어요!

* 착한 어린이는 따라하지 마세요.

땔감도 가득했어요! 구매한 만화책+방에 쌓여 있는 쓰레기도 한가득.

특히 도시락 빈통! 아세요? 플라스틱 태우면 유독가스 X라 나오는거!

* 못된 어린이도 따라하지 마세요.

그래서 산 거였구나. 환경 개선이나 심심풀이 용도가 아니었구나.
처음부터 오직 불을 위한 쇼핑 리스트였구나.

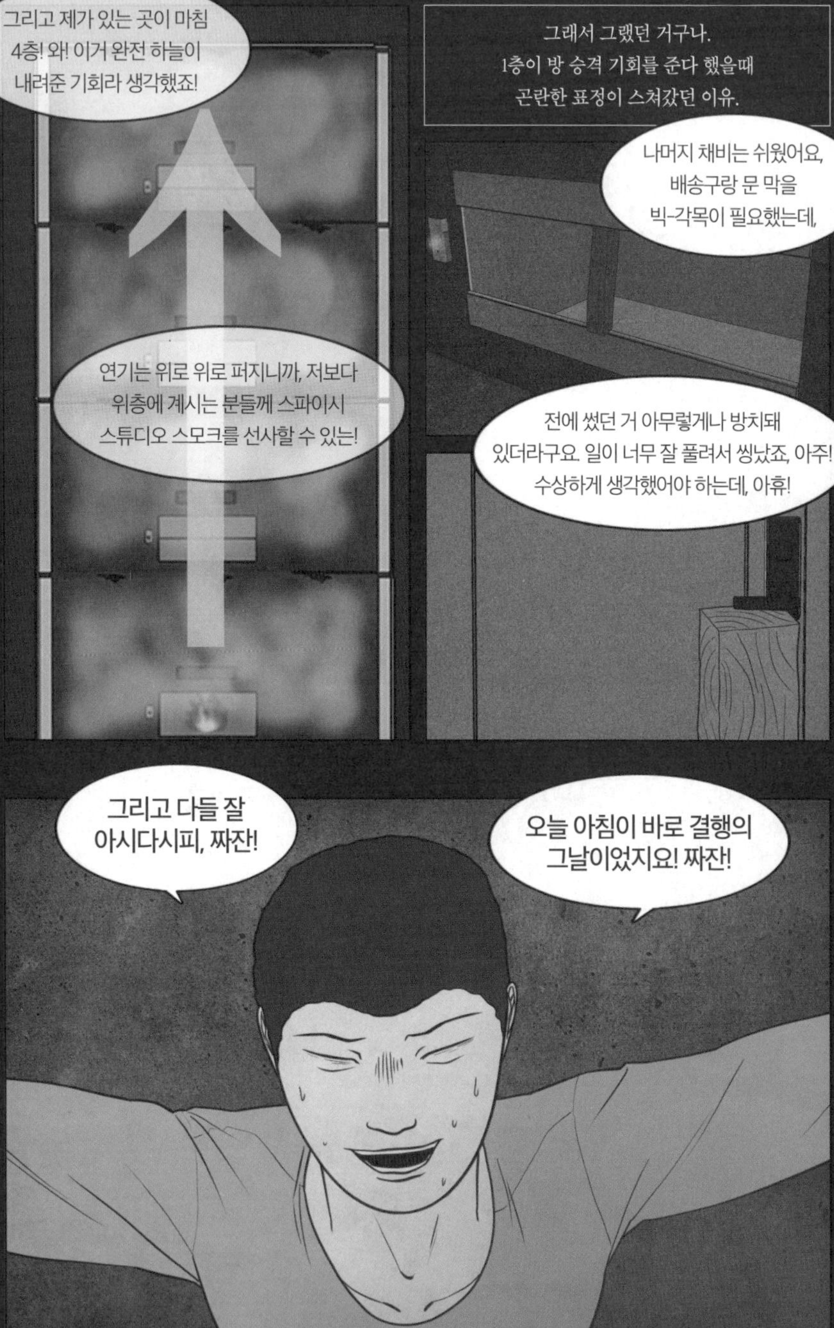

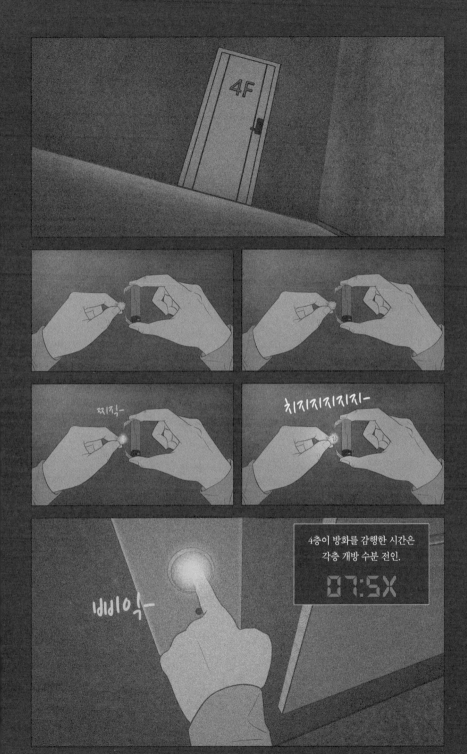

4층이 방화를 감행한 시간은
각층 개방 수분 전인.

07:5X

105

기이이이이이잉—

다 뒈져버려…

X 같은 새끼들아…

8시. 문이 열리고
4층은 쏜살… 아니, 쏜탄처럼 빠르게
위층으로 뛰어 올라갔다.

목표는 5층 방문과
6층 방문의 디펜스.

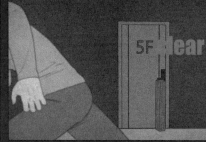

5층 방문은 각목으로.

6층 방문은
몸으로.

이 두 개면 족했다.
한주먹거리도 안 되는 7층은 무시해도 좋았다.

뒤져… 뒤지라고
싹 다 뒈져버려…

그렇게 생각했고.
그렇게 판단했고.
그렇게 결정했다.

그랬는데!
우와 시X 놀래라!
어째서 여자 목소리가?

6층 방문 안에서 쿨록쿨럭
기침소리가 들리는데! 으잉?
1층 님 목소리가 아니더라구요! 여자!
분명 2층 님 목소리였어요!

대혼란! 초혼돈!
사태 파악 안 됨! 상황 파악 불가!
뭐지? 꿈인가? 아닌데?
그럼 뭐지? 왜 6층 방에서
2층 님 목소리가……

바로 그 순간,
봤습니다!!!

제 앞에 나타난
진실을.

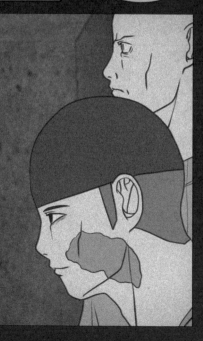

짝짝짝짝짝짝-

짝짝짝짝짝짝-

짝짝짝짝짝-

짝짝짝짝짝짝-

짝.

설명 잘 들었습니다.
썰 푸는 실력 하난 역시네요
저, 엄청 몰입해서 들었어요

전말을 알고 나니 더욱
아쉽게 느껴지는데요 객관적으로
봐도 괜찮은 작전이었는데.

다만 안타까운 건, 저도
알고 있었거든요 건전지로
불 피울 수 있다는 거 정돈.

시청주의!
건전지로 초강력
화염방사기 만들기?

? →

아시잖아요. 저도
관련업 종사자인 거.
하핫!

심지어 첫날 부탁하신 물건이
티슈랑 면봉 드라이샴푸,
그리고 은박 담요.

첫 구매부터 너무
티났어요! 말씀드렸죠?
너무 서두르셨다고!

그렇지만 이때까지만 해도
강한 의심의 정도였다 했다.
확신의 계기는 따로 있었다 했다.

죄송하지만, 준비하신 게임
퀄리티에 비해 주최 측 분들이 하사
하시는 점수가 너무 후하더라구요

4층이 선보인 게임에
늘 25시간 정도가 추가되는 걸 확인하자
비로소 확신할 수 있었다 말했다.

깨달았죠. 4층 님이 진행한 '게임'이
재밌어서 시간을 추가해주는 게 아니란 걸.

4층 님이 준비하는 '어떠한 행동'을
기대하고 시간을 내린 거란 걸.

작전을 준비할 24시간과,
작전에 쓰일 물건을 구매할
1시간. 도합 25시간을요.

이미 확인이 끝났기에
이후의 구매 목록은, 1층에겐 그저
정황증거 추가 정도의 의미였을 뿐.

만화책을 주세요!
(땔감으로 쓰게!)

손전등을 살게요!
(건전지가 필요하니!)

여기까진 잘 파악했어요.
스스로가 대견할 정도로.
하지만 가장 중요한 문제
하나가 남아 있었죠.

'언제'
일까?

알 수 없잖아요. 언제 불
피울지는. 오늘일지 내일일지
아니면 또 그 다음날일지.

매일 매번 방 바꿔
잘 수도 없고

그래서.

그래서 1층은 미끼를 던졌다고 했다.
4층이 물 수밖에 없는 미끼를.

5층 님, 분발 안 하시면
4층 님한테 방 뺏기겠는데요?

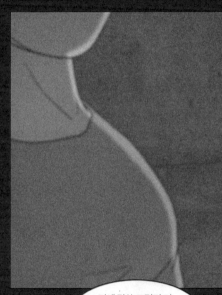

전에 말씀 드렸던 거,
제대로 안 들으신거예요?
저 분명히 말했었는데.

바뀌는 건 아래층뿐,
위층은 바뀌지 않는다고.

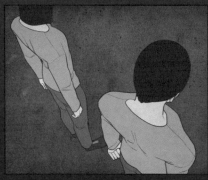

처음부터, 애초에, 낚시였다.
4층이라는 물고기를 낚기 위한.

그 물고기를 해체해
시간을 파먹기 위한 낚시이자 사냥이었다.

4층 님과 대화하며 느꼈어요.
아, 이 사람은 리스크를 짊어질
각오가 된 사람이구나.

4층 님과 대화하며 느꼈어요.
아, 이 사람은 낚아먹을
가치가 있는 사람이구나.

마침내 깨달았다.
왜, 1층이 늘 이기는 건지.

같기 때문이다.

주최 측과 1층은
같은 부류의 사람이기 때문이다.
희망을 미끼로 사람을 사냥해
절망의 고혈로 갈증을 해소하는

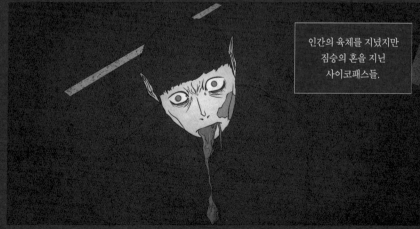

인간의 육체를 지녔지만
짐승의 혼을 지닌
사이코패스들.

이 게임.

에.
너무나 최적화된
완벽히 동기화된
인간.

아니.
인간이 아닌 그 무엇.

인간인 우리가
인간의 감성으로
인간이 아닌 그 무엇을 이길 수 있는 방법은…

하아-

하아-

하아-

하아-

> 더 잃을 것도 없는,
> 더는 얻을 수도 없는
> 사람의, 마지막 발악.

2층 당신도 똑같아! 왜 항상 때를 놓쳐?! 맨날 놓치고! 후회하고! 대체 시X 당신이 말하는 그때는 언제 오냐고!!

불특정······ 아니, 특정 다수를 향한
저주와 증오의 난사.
끝에 찾아온 것은.

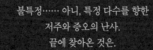

흐어···
흐어어엉···
제발···

제발···
제발 제발···

제발··· 1층 님···
제발······

부탁드릴게요…
1층 님…

제발, 고통 없이. 제발!
네? 안 아프게 해주세요. 네?
덜 아프게 끝내주세요. 네?
제발요!!!!!!

마취약 많이많이
써주세요…제발…

눈이 없었다면 차라리 못 봤을 텐데.
귀가 없었다면 차라리 못 들었을 텐데.
라고 후회할 만큼 잔혹한 간청.

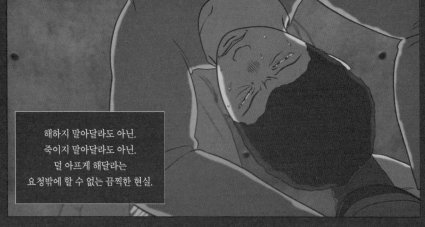

해하지 말아달라도 아닌.
죽이지 말아달라도 아닌.
덜 아프게 해달라는
요청밖에 할 수 없는 끔찍한 현실.

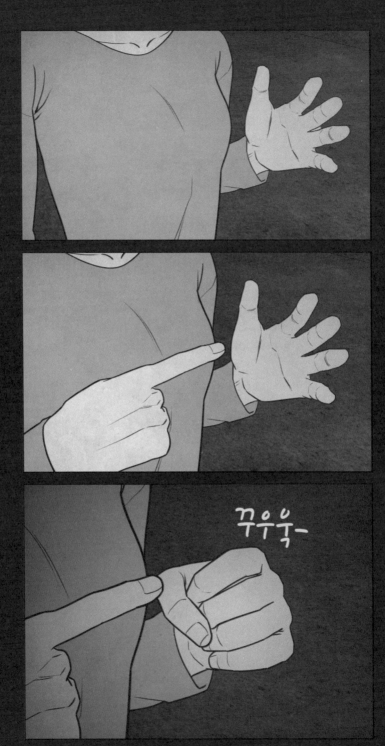

파이게임
PIE GAME

#51

"기적의 연대"

수신호는 음성신호보다 전달력이 떨어지지만
이 전달을 '한정'해야 할 상황에서는
이보다 좋은 대안을 찾을 순 없을 것이다.

2층 님은 이 수신호를 사용해
나에게만 메세지 전달을 시도했다.

처음엔 왼손바닥을 펼쳐보였다.
이것만 독립적으로 해석한다면 '멈춰'나 '그만둬'
로 해석하는 게 가장 타당할 것이다.

하지만 이 왼손을 다른 손가락으로 가리키면
뜻은 완전히 달라진다.
왼손은 지시의 주체가 아니라 대상이 된다.

다섯 개의 손가락.
그러니 대상은 5층.

꽈아아악—

마지막,
힘주어 쥐는 듯한 이 제스처의 뜻은 분명히……

!

분명, 그랬다.

안 아프게!! 안 아프게만
해주세요!! 마취약 듬뿍
써주세요! 제발! 제발!!!

4층은, 자신이 저지른 모든 범행을 자백했다.
준비 단계에서 실행 과정까지. 낱낱이.
하지만 의도적으로 뺀 한 가지 이벤트가 있었다.

뭘 꾸미고 있는진
모르겠는데, 일러바치기
전에 그만두세요

이런 돌발 이벤트가 있었단 걸
끝까지 숨겼다.

더는 게임 진행이
힘들 것 같은데, 오늘은
이쯤 하는 게 어떨까요?

돌이켜보면 이상한 일이었다.
4층이 진짜 위층의 신임을 얻고 싶었다면
이 이벤트는 매우 좋은 찬스였을 테니.

2층 님 뭔가 구림.
아, 냄새 말구요ㅋ

보고 감사드립니다.
+2점.

하지만 그렇게 하지 않은 이유는,
이젠 안다. 4층은 처음부터
다른 그림을 그리고 있었기 때문이란걸.

제*발!!!!

자신이 짜는 작전에 타인의 단독 행동이 변수로
작용하는 걸 원치 않았기 때문이다.

KILL THEM ALL

이 상황과 같은 상황을
이미 경험한 적 있다.

우리가 하고 있는 왕 게임,
다 조작된 거예요

4층 님. 소,속임수를
쓰고 있어요

그때 1층이 4층을 저지한 것도
그제 4층이 2층을 저지한 것도
자신이 그리고 있는 큰 그림에 타인의
먹이 튀는 걸 원치 않았기 때문.

이 정보의 차단이 오히려 기회로 돌아왔다.
2층이 '모종의 계획'을 가지고 있단 걸 아는 건
(나를 빼면) 당사자인 저 둘뿐.

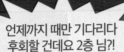

언제까지 때만 기다리다
후회할 건데요 2층 님?!

그러니 이 샤우팅은
원망도 저주도 아닌.
2층 님에게 보내는 명백한 신호.

응?

아, 저 표정 신호는,
해석하지 않아도 알 수 있다.

빨리 해. 뭘
멍때리고 있어?

알지만.
하지만.
그치만.

두렵다.
알기에, 겪어봤기에, 더.
두렵다.

때린다!!

콰앙-

나한테 5층 제압을 바라는 건
아니란 것 정돈 안다. 잠시 홀딩. 그 정도만
바라고 있단 걸 수신호를 통해 전달받았

지만.
두렵.
지만.

해야 한다.

사전 합의도 공유도 없는
즉흥 작전이지만

5층의 부상 부위는 잘 알고 있다.
실금 간 '그곳'에 빗금을 추가해준다.

이거요

이 정도 시간벌이면 충분하다.
라고.
믿고 싶다.

5층님!
조심하ㅅ

위기가 만들어낸
기적의 연대.

한 명이 한몸처럼.

두 명이 한몸처럼.

세 명이 한몸처럼!

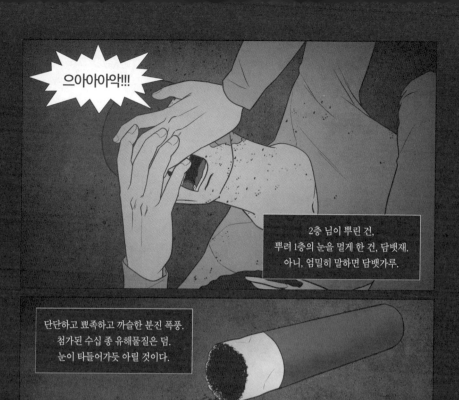

으아아아악!!!

2층 님이 뿌린 건,
뿌려 1층의 눈을 멀게 한 건, 담뱃재.
아니, 엄밀히 말하면 담뱃가루.

단단하고 뾰족하고 까슬한 분진 폭풍.
첨가된 수십 종 유해물질은 덤.
눈이 타들어가듯 아릴 것이다.

1층이 제아무리 효율적이고 파괴적인
무기를 지녔다 한들. 못 쓴다.

눈이 멀게 되면,
못보니 못 쓴다.

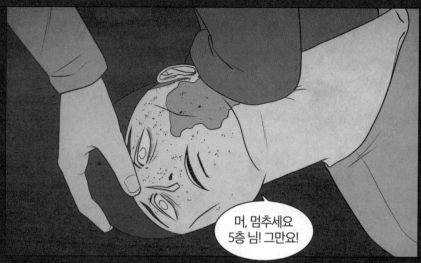

머, 멈추세요
5층 님! 그만요!

어… 우어…?

해냈다.

해냈지만, 끝난 건 아니다.
공식적으로 게임을 끝내려면

죽…

죽여요!!!

2층 님! 죽여요!!
죽여버리라구요 그 새끼!!

그래야 게임 끝나요!
놔주면 또 어떤 X 같은
사단 날지 모른다고!!

변했다.
4층은.

저 새끼들은 우리
이용해서 돈 벌었는데 왜
우린 하면 안 되는데요?

쟤들 손가락 하나 까딱
못하잖아요! 뭐가 무서운
건데요 대체?!!

4층뿐 아니다.
우리 모두 변했다.

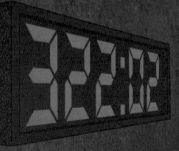

잔여 시간은 무려 322시간.
카드를 뺏어 7,6,5층 상금을 차지하고
세 명이 공평히 나눠 가지면
무려 인당 1억이 넘게 떨어지는 금액.

하지만 이젠 욕심내지 않는다. 아무도.
그 안일했던 생각이 어떤 결과로 돌아왔는지
우리 모두 겪었으니.

사,살려 주세요…
진짜 다… 우리 다… 얌전히
묶여 있을게요.

아무 짓도 못하게 팔다리
다 부러뜨려도 돼요. 제발.
제발 목숨만… 제발…

최선의 선택은 지금 당장 1층의 숨통을 끊는 것.

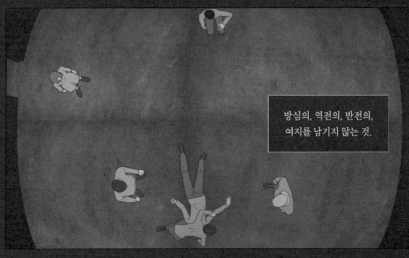

방심의, 역전의, 반전의,
여지를 남기지 않는 것.

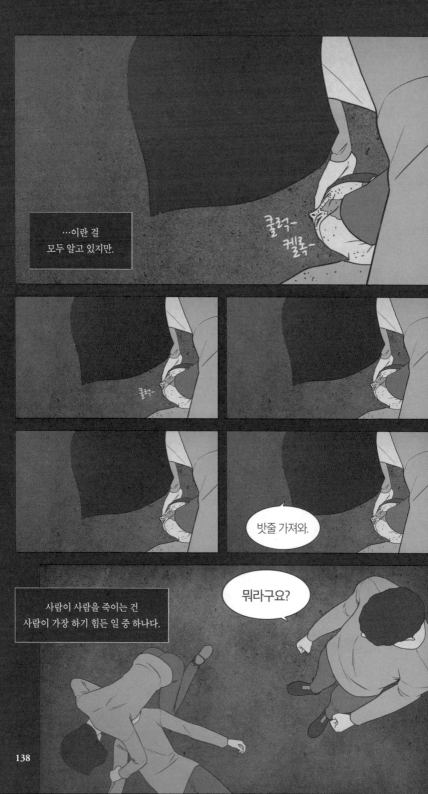

밧줄? 묶자구요?
또? 또요 2층 님!!!
또요?!!!!!

못해.
사람 죽이는 거.

우리 딸이
살인자 엄마 두는거.
난 못해.

이해한다. 나도 못하니까.
타인의 목숨을 끊을 수 있는 사람은
살인을 저지를 수 있는 사람은 실제론 극소수일 테니까.

시X! 내가
할게요!!

비닐봉투 씌우면 돼! 간단해요!!

그땐 죽을까 봐 숨구멍 뚫어줬지만

이번엔 안 뚫으면 돼요. 그냥 내버려 두면 된다구요.

네? 어때요 2층 님? 그렇게 하죠! 그렇게 끝내는 걸로 해요 이 X 같은 게임!

2층은 한참이나 대답이 없다.

동의. 비동의. 어느 쪽도 쉽게 할 수 없을 것이다.

어떤 결정을 하든 불러올 결과는 너무나 무거ㅇ……

풋.

7층의 갑작스런 폭소.
긴박하게 돌아가는 상황과
전혀 어울리지 않게
너무나도 상쾌한.

141

그 경우 없이 상쾌한 웃음소리에
한순간 공기가 얼어붙었고

어…

차가운 공기가 머리에 닿자. 깨어났다.

아!

언제부터인가 7층은
1층 곁에 있지 않았다는 걸.
1층과 거리를 두고 있었다는 걸.

그만 떨어져 주실래요?
저도 사람 죽이기 싫은데.

파이게임
PIE GAME

#52

"영원한 동지는 없다"

7층은 언제나 1층 곁을 맴돌고 있었다.
무력에 저항할 힘이 없으니
무기를 가진 자 옆에 숨었다.

하지만 언제부터인가 그러지 않았다.
7층은 의도적으로 1층과 거리를 뒀다.

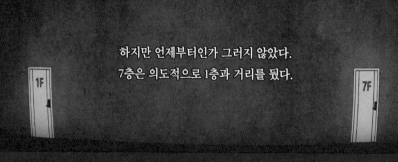

짜아안~~

총.

외국 뉴스에서나 봤던,
액션 영화에서나 보던,
바로 그, 총.

최종병기
이 몸.

마침내 강림.

머니게임과 파이게임을 거치며 봤던
그 어떤 무기를 들이댄다 한들

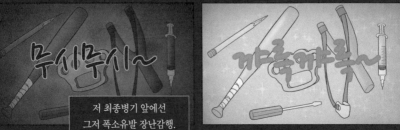

무시무시~

까룩까룩~

저 최종병기 앞에선
그저 폭소유발 장난감행.

147

이길 수 있다는 희망이
결단의 원동력은 아니었을 것이다.
이기지 못하면 죽는다는 절망이
행동의 트리거가 된 것도 아니었을 테다.

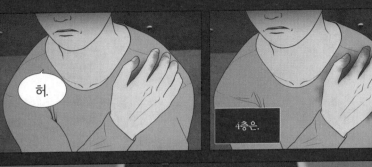

허.

4층은.

허어!!
흐허어어어어억!!!!

현실이라 믿고 싶지 않을 정도로
선명하고 또렷한 고통과 함께
현실로 복귀했다.

크아아아아아아!!

총기 구매를 생각해보지 않은 건 아니다.
누구라도 한 번쯤은 상상해 봤을 것이다.

하지만 그러지 않은, 그러지 못한, 이유는 하나뿐.

가격을 알 수 없기 때문이다.
경찰 보급용 물건을 어둠의 루트로 구하는 것이니
당연히 **개** 비쌀 것이기 때문이다.

한때 6층이었던 것.

하지만 호시탐탐 이 결전병기
구매를 노리던 1층은
기막힌 매수 타이밍을 캐치했다.

6층을 '쥐어 짜' 얻어낸 대량의 시간.
그 시간을 지불한 것이다.

그러니, 내가 확인했던
그 시간은 이미 총 구매를
끝낸 후 남은 잔여 시간.

아래층들이 잔여 시간 추이를
잠시 놓쳤던, 그 한순간.
그는 총을 샀고, 줬고, 숨겼다.

솔직히 말씀드리자면.

하아- 하아- 하아-

실망했어요

여러분이 시도한 그 기습, 본 적 있지 않아요? 익숙한 구도 아니었냐구요

그런데도 의심을 안 했어요? 아무런? 아무도? 이 구도를? 거의 데자뷰 급이었는데?

1층의 친절한 가이드를 듣자 떠올랐다.
우리의 공격 방식은, 이미 해본 것,
예전에 했던 기습의 재연일 뿐인, 묵은 것.

누군가는 누군가의 시선을 돌리고

누군가는 누군가를 제압하고

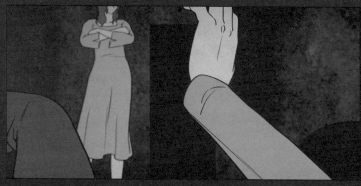

누군가는 누군가가 제압당하는 걸 지켜보는

그때와 빼다박은 구도…

인데, 의심조차
안 했다구요?

잊었어요? 6층 님
제압 작전을 제안하고 지휘한
사람, 바로 저였단 걸.

그런 제가, 같은 상황이
재현될 위험을 방치했을 거라
생각하신 거예요?

보세요, 무지성 재탕 플레이에
주최 측 분들이 실망하신 걸.

실망을 숫자로 표현하신 걸.

더 잘하실 수 있었잖아요
그런데 왜…대체 왜
그러신 거예요……

뱉은 대사도, 지은 표정도, 조롱하는 모양새가 아니다.
1층은, 진심이다.

놀이감을 빼앗긴 아이와도 같은
순수한 실망의 표정을 보자

어쩌면 1층은 이 게임에서, 돈뿐 아닌
또 다른 무엇을 갈구하고 있는 게 아닐까 하는
섬뜩한 생각이 들었다.

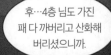

후…4층 님도 가진
패 다 까버리고 산화해
버리셨으니까.

진지하게 물을게요.
다른 좋은 아이디어
가지신 분 있어요?

대답 여하에 따라 4층 님 꼴
날 수도, 아닐 수도 있으니까
잘 생각해 보세요.

4층은 어깨에 총상을 당했다.
그것만으로도 충분히 전력 아웃이지만.

하아-
하아-

하아-

철두철미한 1층은

그 정도에서도 방심하지 않았다.

아, 옆사람이 듣고
있으니까 말하기
좀 그런가요?

힘/민/체 스탯을 전혀 찍지 않은 7층이라도.
총(레전더리 웨폰) 파밍에 성공한 이상.

SRT 2
DEX 5
COM 3
LUK 77

2:1 정도는 손쉽게.

매우 손쉽게……

라는 말은. 2:1은 손쉽다. 라는 말은.

이 2:1 뿐 아니라

이 2:1 역시 손쉽게 처리할 수 있다는 말…아닌가?

1층이, 6층 상금 차지 한 걸로 만족할 것 같아?

다음은 7층 네 차례라고! 멍청해서 모르는 거야 아님 모른 척하는 거야?!!

아니, 당연히 알 거다.
7층은 5층(바보)이 아니니까.

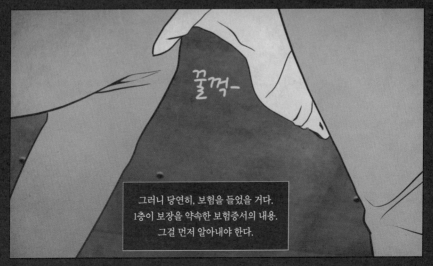

꿀꺽-

그러니 당연히, 보험을 들었을 거다.
1층이 보장을 약속한 보험증서의 내용.
그걸 먼저 알아내야 한다.

하이고 고객님

아쉽게도 인수거절
되셨네요 :p

거기 적힌 보장 내용은
1층의 속임수일 확률이 크니까.

저…말해도
되나요?

오? 3층 님이? 웬일로요?
기대되네요 말씀해보세요.

그 거짓을 간파해내면
어쩌면.
보일지도.

길이
나타날지도.

혹시, 그런
게임 아세요?

이름은 기억 나지 않는데.

세포끼리 서로 잡아먹는, 그런 게임이 있어요.

룰은 간단해요. 자기보다 작은 세포와 접촉하면 그걸 흡수하고,

반대로 자기보다 큰 세포와 접촉하면 그 세포에 흡수당하죠.

갑자기 이 이야기를 왜 꺼내느냐 하면.

우리가 하고 있는 이 게임, 파이게임이, 그 게임과 비슷하단 생각이 들었기 때문이에요.

기업의 규모가 지대한 시장 지배력을 행사할 정도로 커지면

기업은 고객 한 명, 상품 하나를 더 유치하거나 팔기 위해 고민하는 단계를 넘어

동종의 타 기업이 가진 고객과 상품을 흡수하는 것 즉 인수합병으로 몸집을 불릴 기회를 노리는 게 일반적이죠.

H그룹이 K자동차를, G포털이 U채널을

D그룹이 M엔터테인먼트를 인수한 것 등을 그 예로 들 수 있겠죠?

기업이 커지면 결국엔 세포키우기행…메모

물론 이 과정에서 투입되는 자원이 천문학적인지라 리스크가 크긴 하지만.

리스크를 극복해내기만 하면 돌아오는 리턴 또한 어마어마하니까.

그러니까.

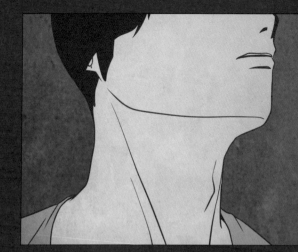

7층 님, 당신
지금 속고 있어요.

6층과 7층의 상금 규모는
언제나 두 배 차이.

7F 1,088,160,000

현재 적립된 액수로만
따져도 무려 5억 이상.

6F 544,075,000

1층은 절대 포기하지 않을 거예요.
7층 님 상금 강탈하기 위한 사전
작업도 이미 다 마쳤을지 몰라요.

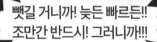

언제든 마음만 먹으면
방을 차지할 수 있도록!

가지고 있죠? 7번 카드!
아님 어딘가 숨겨놓으셨나요?
뭐든 상관 없어요!

뺏길 거니까! 늦든 빠르든!!
조만간 반드시! 그러니까!!!

그러니까…
3층 님 말은.

빵야.

지금 쏴서 싹을 잘라버려라.
그 말인 거죠?

파이게임
PIE GAME

#53

"맨 처음부터 시작된 뒷거래"

몸매도 훌륭하고.
스타일도 좋고.

하앙♥

얼굴도 예쁘고.
리액션도 깜찍한.

CHU♥

미녀.
가 마술쇼에 존재하는 이유는
단지 시선 돌리기 용도라 생각했다.

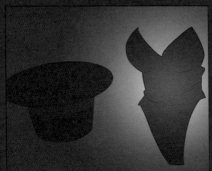

쇼의 주인공인 마술사가
트릭을 준비할 시간을 벌어주는.

대개의 경우 이런 쓰임새가 맞지만
이번은 아니었다.

BANG!

엉?

하하핫.
어딜 보는 거예요 다들.

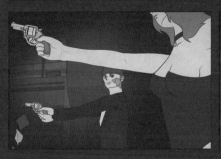

제가 인형으로
보이나요?

멋진 합으로 일궈낸 시선의 티키타카.

다들 잊고 계신 거 같은데
제가 음식 안 내려 드리면
이 게임 며칠 못 가요

방문 잠그고 배송구 멈추면
그걸로 끝이라구요

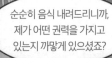

순순히 음식 내려드리니까,
제가 어떤 권력을 가지고
있는지 까맣게 있으셨죠?

7층은 도우미 따위가 아니었다.
마술사가 쇼를 계속할 수 있게
지원해주는 투자자였다.

226,570,000

아아…

"첫날, 1층 님이 제 방에 찾아왔어요.
사람들이 광장에 모이기도 전에 말예요."

4,850,000

"묵묵히 제 방을 둘러보더니.
아래층엔 도시락 배급이 안 왔다 하더라구요."

"그 말을 듣고 처음엔, 부탁하러 온 줄 알았어요.
배고프니 도시락 좀 나눠 달라고."

"하지만 아니었죠. 1층 님은 반대의 부탁을 했어요.
자기는 굶어도 좋으니 아래층에게 식음료를 베풀어 줄 수 없냐고."

"이유는 두 가지."

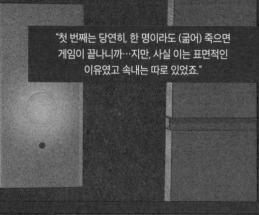

"첫 번째는 당연히, 한 명이라도 (굶어) 죽으면
게임이 끝나니까…지만, 사실 이는 표면적인
이유였고 속내는 따로 있었죠."

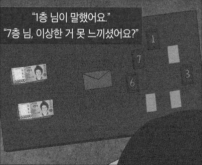

"1층 님이 말했어요."
"7층 님, 이상한 거 못 느끼셨어요?"

"이전 게임에서는 카드 같은 거
없이도 자동으로 방 배정이 됐는데."

"이번 게임에서는 왜 굳이 '카드를 소지하고'
본인 방에 들어가라고 하는 건지."

"아직 추측이긴 하지만, 이 카드가 방의 소유권을 움직일 수 있는 키가 아닐까, 하는 생각이 드네요."

"그러니까."

"그러니까 1층 님 말은, 음식을 넉넉하게 내려주란 말이죠? 배급으로 너무 옥죄면 어떻게든 내 방에 들어오려고 시도할 테니까."

"그리고 그 시도와 고민이 잦아지고 깊어질수록."

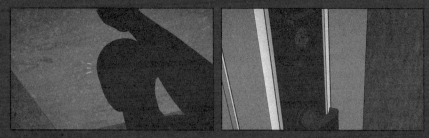

"누군가 카드의 존재 이유에 대해
의문을 품을 가능성이 커질 테니까."

"그러니 일단 배부른 돼지로 만들어라.
생각할 필요도 고민할 이유도 없게 만들어라."

"맞죠?"

"정답이라 하더라구요.
찾아오길 잘했다고 말하길 잘했다고.
자기는 사람 하나는 잘 파악한다고."

"그리고 그 후의 일들은."

"아시다시피."

안다. 모두 겪은 일들이니.
이젠 안다. 둘은 환상의 페어였단 걸.

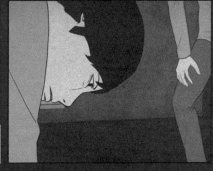

제공하는 최고층과 실행하는 최하층.
서로를 보호하고 또 보완하는.

어느 한쪽에 시선을 고정하는 순간
여지없이 다른 한쪽이 시선의 사각에서 나타난다.

아아…

층도 외모도 성별도 행색도

위아래 양끝단에 위치한 둘이기에

3층 님, 제 돈 뺏길까
걱정해주신 건 고마운데,

어쩌죠? 그건 첨부터
불가능한 일이었는데.

첫날, 1층의 플랜을 들은 7층은
동맹의 증표로 세 가지를 요구했다.

첫 번째.

게임 진행의 전권을 위임할 테니
최대한 많은 돈을 확보해라.

두 번째는.

몸을 지킬 무기인
총을 구해달라.

그리고
제일 중요한

세 번째는.

이렇게 할게요

후두둑~

이러면 1층 님이랑 맘편히
연합할수 있겠네요

7층은
본인 방을 빼앗길수 있는 가능성을
제로로 만들어 버렸다.

즉
게임 내내
7층 카드는 존재하지 않았다.

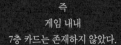

NOT 4
SALE

안타깝지만 3층 님.

저, 당신 생각만큼
바보는 아니랍니다.

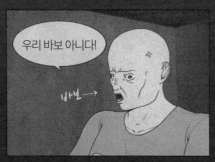

우리 바보 아니다!

바보→

그러니까. 바보는.
그러니까 진짜 바보는.

나였다.

7층이 아무런 대비도 대책도 없이
1층에게 전권을 넘겨줬을 리가 없는데.

누구라도 당연히
그런 바보 같은 판단을
하진 않았을 텐데.

오판했다. '겉'모습만 보고.

심지어 굳이 속이려 하지도 않았는데,
단지 '속'내를 보이지 않았을 뿐인데.

혼자 추측하고
혼자 판단하고
혼자 속어넘어간

여전히 확증편향을
버리지 못한.

나만.
바보였다.

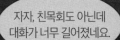

3층 님. 넘 자책하지 마세요.
아직 기회는 많으니까.

저, 아직은 게임 끝내기
싫거든요 아직 크게 남아 있…

자자, 친목회도 아닌데
대화가 너무 길어졌네요.

수다떨다 정들어
버리겠어요. 그러기 전에 해산
하는 게 서로에게 좋겠죠?

그날 이후 3일이 지났지만.
위층에서는 아무런 호출도 없다.

지친 몸과 충격받은 정신을 회복할
안식의 밤을 하사하는 거겠지.

그래야 다시 살이 차오르고.
그래야 다시 정신이 맑아질 테니.
그래야 또다시,

살오른 몸을 갉아내고
맑아진 정신을 빨아내
돈으로 교환할 수 있을 테니.

기이이이이이잉-

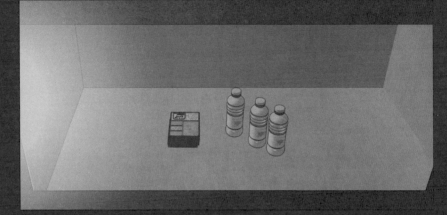

삐이이익-

깨닫고 나니.
덧없는 행위라 느껴졌다.

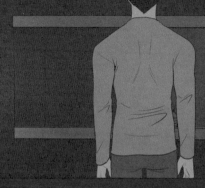

기이이이잉-

먹는 것, 마시는 것,
쉬는 것, 자는 것,
이 모든 행위들이

기이이이잉-

그저 먹이감의 도리,
살오른 피식자의
소양에 불과하단 것을
깨닫고 나니.

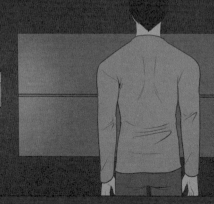

철컹-

문득.

싶어졌다.

249:29

게임 시작 79일째.

요 며칠간 쭉 생각을 해봤는데 말예요

이제 슬슬 온 것 같아요. 몸으로 시간을 버는 것도, 쇼로 시간을 늘리는 것도, 한계가.

1층은 제안하고
5층은 감시하고
7층은 방관하는

그래서 어떤 결론을 냈느냐면…

익숙한 구도가 오늘도 반복된다.

파이게임 종료?

이 익숙한 구도가 이젠 너무나도 지치고. 또. 지겹다.

2층 님.

혹시…
기억나세요?

?

제가 언젠가 꼭…
빚 갚겠다고 했던 거…
기억나세요?

무슨 소리야 갑자기?
왜 그래??

전부 다.
모든 게 다.

무의미하게 느껴진다.

제가 뭐 하나…
보여드릴게요.

사람이 사라지는
미술을.

파이게임
PIE GAME

#54

"이젠 어떻게 되든 상관 없다"

머니게임은, 한번 참가를 결정한 이상
100일이 지나기 전엔 어떤 상황이 발생해도
끝나지 않는다는 룰의 게임.

아파도, 싸워도, 다쳐도,
심지어 누군가 죽는다 해도.

100일을 채우기 전까지는
게임은 절대 끝나지 않는다.

하지만 이 게임, 파이게임은 반대다.
잔여 시간만 늘릴 수 있다면 100일이든 1000일이든 영원히 지속 가능하다.

하지만, 또한 머니게임과는 반대로,
자력으로 게임을
끝낼 수 있는 방법 또한 많다.

카메라를 부숴 쇼를 중단시키면.

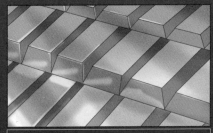

잔여 시간을 초과하는 물건을 구매하면.

혹은,
참가자가 죽는다면.

거기서 끝.
끝낼 수 있는 방법이
참 많은 게임이다.

하지만, 많지만, 알지만,

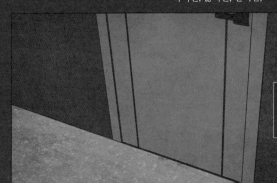

그럼에도 그 누구도 이 게임을 끝낼
엄두를 못 내는 이유는

어떤 방법으로 게임을 끝낸다 해도
그 당사자 역시 살해당할 게
뻔하기 때문이다.

살기 위해 시작한 게임을

죽음으로 끝내고 싶은 사람은

아무도 없기 때문이다.

그래서 버텼다.
무려 79일이나.
무려 2000시간에 달하는, 기나긴,

고통과

공포와

치욕과

절망과

좌절의

나날을

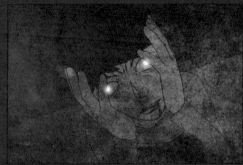

눈을 즈려감고 이를 악물고 주먹을 그러쥐며
버텨왔지만 더는 그럴 여력이 남아 있지 않다.

희망이 없어졌으니.

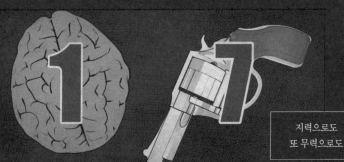

지력으로도
또 무력으로도

가용할 수 있는 그 어떤 수단과 방법을 동원해도,
지금의 고통에서 해방될 수 있을 거란 희망이
없어졌으니.

결심한 거다.
몸을 던지기로.

…허락해 주신다면,
뭐 좀 보여드려도 될까요?

아 3층 님.
준비하신 게 있나 봐요?

네. 마술을 하나
보여드릴까 해서요 재미
있을 거예요 아마…

와 마술! 저도 참
좋아하는데요 저희가 따로
준비해드릴 게 있나요?

깨끗한 신문 한 부만
사게 해주세요.

신문……

준비한 마술은 탈출마술.
하지만 눈속임용 트릭은 없다. 그러니 안전 장치 또한 없다.

네 그 정도야!
얼마든 구매하세요.

그리고 솔직히 말씀
드리면… 그런 것도 기대
하고 있어요.

신문 사는 척 떠들어놓고
실은 조용히 무기를 산다던가…
뭐 그런 트릭, 저는 환영해요.

다시 말하지만, 그런 트릭은 없다.
이 마술은, 순수한, 백프로,
오직 몸과 운으로 구성한 마술.

삐삐 익-

신문 한 부 구매하겠습니다.
아무 날짜든 괜찮습니다.

어떤 결과가 나온다 해도 상관없다.

이 마술로 게임이 종료된다면, 좋다.
잘못돼 죽어 끝나버려도, 그 또한 좋다.
이젠 어떻게 되든, 상관 없다.

여기, 신문이 한 부
있습니다.

막 구매해 배송받은 것이니,
당연히 어떤 사전 장치도 되어 있지
않은, 보통의 신문입니다.

확인하셨다면, 바로 시작하도록 하겠습니다.

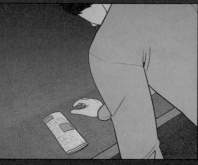

이젠 뭐가 어떻게 된다 해도
아무런 상관 없다.

준비는 간단합니다.
신문 양끝을 쥐고 넓게
펼치기만 하면 끝.

자, 그럼 바로 시작합니다.
눈 크게 뜨고 보세요! 순식간에
슉 지나가버리니까!

기잉-

기이이이잉-

(스튜디오)

탈출마술.

성공

기
이
이
이
이
이
이
이
이
이

끝없이

끝없이

끝없이

끝없이

끝없이

끝없이

끝없이

끝없이

끝없이
끝없이
끝없이
끝없이
끝없이
끝없이

아래로 내려간다.

이
이
이
이
이
이
이
이
잉

이렇게 길었나? 배송통로가.

이렇게 깊었나? 스튜디오가.

대체 언제까지

대체 어디까지

내려가는 건가.

온갖 상상이

갖은 망상으로 변해갈 무렵

비로소

이러다 진짜

지옥의 밑바닥에 도달하는 거 아닌가?

거기서 진짜

이 게임을 주최한

지옥의 악마들을 마주하게 되는 거 아닐까?

배송구가 열리자

마침내

마주할 수 있었다.

이 세계의 진실을.

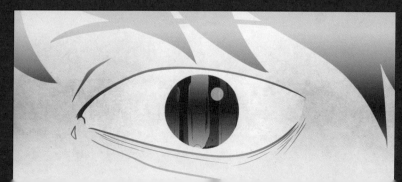

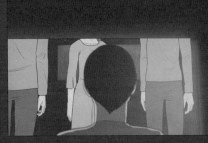

뭐…

뭐야 이건…

죄송해요 3층 님.

999:99

킥.

깨워서.

히ㅏㅎㅎㅎㅇㅎㅎ히
ㅎ히ㅎㅎㅇㅎ히ㅎ!!!
히ㅎㅎ히ㅇㅎ히ㅋㅎ
ㅎㅎ킄히ㅎㅎㅎ
ㅎㅎㅎ

허, 으엌!

바로.
되돌아 왔다고 한다.

안녕히 계세요 여러분~
전 이 스튜디오의 모든
굴레와 속박을 벗어던지고
행복을 찾아 떠납니다~

내려간 지 채 몇 분도 지나지 않아
순식간에 반송되었다고 한다.

쿨……

그러니까, 잠들어 버린 거다.
알 수 없는 장치로 수면마취 당해버린 거다.
그 후 광속 컴백.

응 안돼~

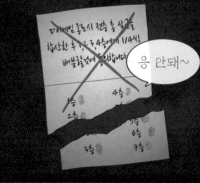

응 안돼~

응 안돼~

라는 메세지와 함께.
주최 측의 면상 편지가 되어.

3층 님, 배송구 이용 아이디어는
매우 괜찮은… 아니지, 괜찮은 정도가
아니라. 정말 훌륭한 시도였어요

저기로 내려갈 수도 있지 않나?
라는 생각은 저도 한 적 있지만, 그걸
진짜로 실행할 줄은 몰랐어요 어떤
위험이 있을지 모르잖아요 크큭.

그거 아세요? 우리끼린 3층 님
개그캐로 부르고 있는 거. 오늘도
실망시키지 않으셨네요

근데 잘 생각해보면, 탈출 시도
한다고 죽이진 않을 것 같긴 해요.

205

그러면 게임이 끝나버리는데,
'재미'를 지상 최고의 가치로
생각하시는 분들이 그런
처분을 내리실 리 없죠.

3층 님도 그렇게 생각한 거
맞죠? 진짜 죽음을 각오하고
벌인 일은 아니었죠?

1층의 명대사를 빌려 말해보자면.
반은 맞고 반은 틀리다.

그만 좀 훔쳐봐!

변태새끼들아!

진짜 죽을 생각이었으면
이 방법이면 충분했다.

진짜 진심 죽을 생각이었으면
더 빠른 방법도 있었다.

하지만 그 방법이 아닌 이 방법을 썼다 해서
죽지 않을 거란 확신 역시 없었다.
그딴 계산은 염두에 두지 않았었다.

그냥,
문자 그대로,
운명에 맡긴 것이었다.

IN TO THE UNKNOWN

그러니까 나는.
그러니까
나는·················

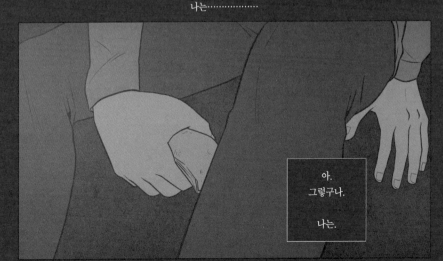

아.
그렇구나.

나는.

꽈아악—

그렇게 하고 싶었던 거구나.
나는.
그런 놈이었구나.

갑자기 조용해지셨네요
설마 울어요 3층 님? 하하.

멋있는 척 말해 '운명에 맡긴다'지.
사실은, 그냥,
나의 죽음마저도
타인의 처분에 맡기고 싶었을 뿐이구나.

이 두 게임을 거치며, 그 두 게임 내내,
맡기고, 따르고, 휩쓸려왔을 뿐이었다.

PIE GAME

MONEY GAME

(투표로 결정)
하죠.

(우리는 연합)
해야 해요!

(하루 2000원만 쓰는 걸로)
해라.

(다른 사람에겐 비밀로)
해야 합니다.

(당장 게임을 끝내게)
해줘.

(죽기 직전까지 시간벌이)
하셔야 해요.

하라면, 했다. 그러라면, 그랬다.
까라면 까고 따르라면 따랐다.
그것 외엔 무엇도 내 의지로 한 기억이 없다.

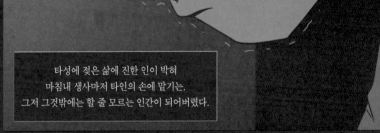

타성에 젖은 삶에 진한 인이 박혀
마침내 생사마저 타인의 손에 맡기는.
그저 그것밖에는 할 줄 모르는 인간이 되어버렸다.

네 '반쯤'
정답이에요!

우리가 (구)8호 (현)3층
님을 뽑은 이유. 당신이 바로
'그런 인간'이기 때문입니다.

209

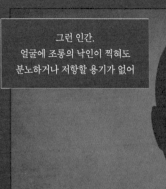

그런 인간.
얼굴에 조롱의 낙인이 찍혀도
분노하거나 저항할 용기가 없어

열심히 대가리와 눈깔을 굴리며
타인의 뒤에서 따라가거나
끌려가기만 하는
그런 인간.

이 나라는 게.

나는.

더는.

싫어졌다.

6층은 부쉬졌고,
4층은 망가졌으며,
2층은 지켜야 할 게 있다.

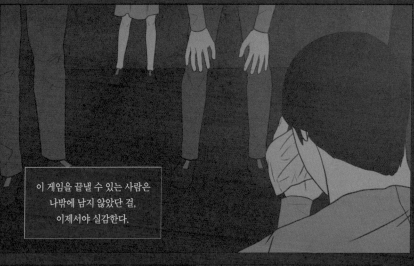

이 게임을 끝낼 수 있는 사람은
나밖에 남지 않았단 걸,
이제서야 실감한다.

1층 님,
물어볼 게 있어요…

네, 말씀하세요
3층 님.

내가
해야 한다.

저, 배송구에 들어가기 전에
그런 말씀을 하셨죠.

이제 몸으로 시간을 버는 것도
쇼로 시간을 버는 것도
한계에 다다른 것 같다고

그 말대로 더이상 어떤 짓을 해도
시간이 늘어나지 않는 날이 오면…
아니, 그런 날, 분명 언젠가는 올 테니까.

그때가 되면.

어떻게 하실 건가요?

파이게임
PIE GAME

#55

"투입 리스크 > 기대 리턴"

늦든 빠르든 언젠가는 오겠죠

1층 님도 느끼고 있죠? 그때가 다가오고 있단 거.

다 시시해지고 모든 게 질려버려, 뭘 보여줘도 더이상 시간이 추가되지 않는 때가.

어쩌면 바로 코앞까지 왔을 수도 있단 거.

6층 님과 다르게 4층 님을 박살내지 않은 이유도

육체에 가하는 폭력 으론 더이상 시간 추가가 안 되니까요

자칫 죽어버릴 위험을 감수하면서까지 그렇게 할 이유는 없으니까요

214

그렇게 하겠다고?

자! 드디어 끝났네요!

모두들, 돈 버시느라 정말정말 고생 많으셨습니다.

그럼, 바이바이~ 상금 알차게 잘 쓰세요~

귀가하셔서 푹 쉬세요 맛있는 것도 먹고 따뜻한 물에 샤워도 하시고.

이렇게 하겠다고?

거짓말이다.

네, 알겠습니다.

거짓말인 걸.
알겠다.

1층 님 말,
믿고 있겠습니다.

믿지.
않는다.

각오를 다진다.

230,030,000

우적-

230,__,000

우적-

더이상
내 삶의 엔딩을 타인이 결정하게 두진 않겠다.
살아도 내 의지로 살고 죽어도 내 의지로 죽겠다.

우적-

우적-

우적-

우적-

그러니 먹는다.

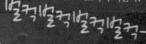

그러니
마신다.

후우우우-

그러니
쉰다.

1층이 내게 한 거짓말은
내겐 오히려 좋은 소식.

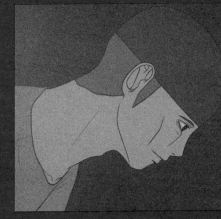

더이상 시간 안 늘면
어떡할 건데요?

1 SEC. DELAY

끝냅니다.
쿨하게.

저 짧은 멈칫거림에서 명백히 읽었다.
평소 게임 마무리에 대한 생각을 수백, 수천 번도
더 했을 1층이 즉답을 하지 못한 건.

'거짓 대답'을 만드는 공정이
필요했기 때문이다.
저 딜레이가 바로 그 공정의 방증이다.

1층은 최후의 최후까지
최선을 다할 것이다.

MONEY

Y축 기울기가 한없이 0에 수렴해 간다 해도.
단 한콤마라도 더 위로 끌어올리기 위해
최후의 최후까지 최선을 다할 인간이다.

놔두면 어차피 끝날 게임,
짜내다 뒈져 끝난다 해도
손해볼 건 전혀 없으니까.

이, 결코 끝나지 않을 1층의 광기가
어제의 나라면 너무나 두려웠겠지만
지려버릴 정도로 두려웠겠지만

오늘의 나는 다르다.
오히려 감사 인사를 건네고 싶을 정도다.

투입 리스크가 기대 리턴을 넘어선 지
이미 한참이나 지났는데도 불구,
결코 게임을 끝내지 않는 네 광기에,

건조_

당장 머리에 한 발씩 쏴버리고, 안전하게
게임을 끝내는 게 가장 합리적 선택이지만,
결코 그렇게 하지 않는 네 광기에.

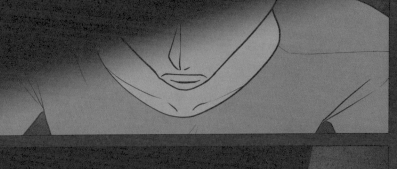

반격의 시간을 허락해준
너의 광기에

진심으로.
감사한다.

어제 말씀드렸듯… 아, 말씀 드리다 3층 님이 '마술' 보여주시는 바람에 끊겼지만요 하하.

다시 말씀드리면, 이젠 남은 카드가 별로 없는 것 같네요 할 수 있는 건 거의 다 해봤잖아요 우리?

빵야빵야~

뭐 그래도, 제 예상
보다는 멀리 왔어요.

다들 잘 견뎌 주셔서 감사
해요. 덕분에 함께 가져갈
몫, 훨씬 커졌잖아요?

그래서……

그래서, 이만 상금 챙기고 끝내자고?
아니 절대로, 그럴 리가 없지.
아니 오히려, 그러지는 말길.

그래서 슬슬, 마지막
'실험'을 해보려 해요.

사실은 이 실험, 예전
부터 해보고 싶었거든요

하지만 그러지 않은 이유는,
이런 표현 맞을지 모르겠지만,
비가역적 실험이라 그래요

1층의 설명을 추스려 추리해 보자면

그가 준비한 '실험'은
육체가 아닌 정신을 대상으로 하는
실험일 것이다.

이제 '육체'는 더이상
건드릴 이유가 없어요
좋은 소식 맞죠 3층 님?

몸은 치유가 되지만
정신은 그렇지 못하니까요

그래서 비가역적이라 말한 것일 테다.

응? 나도
육체인데?

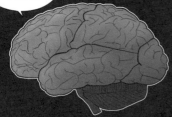

잠깐, 아닌가?
나 정신인가?

어? 난 뭐지?

그리고 이 실험… 아니, 이 고문을 가장
나중 순번으로 결정한 이유는, 간단하다.

아아아악!!!
살려주세요!!!

덜 아프게! 살살!
살살요오오옷!!!

고통받는 자의 정신이 멀쩡해야
감상하는 자의 재미가 커지기 때문.

으어?

어법?

…이건 좀
노잼인데?

그런 이유다. 보통의 인간이라면 상상할 수도 없는.
정상적 인간이라면 상상해서도 안 되는.
그런 이유라 확신한다.

그래서, 짠. 준비를
해왔습니다.

따로 설명은 안 드릴 테니
맘에 드는 거 한 장씩 뽑으세요
인생 어차피 운빨존망겜이니까.

이 스튜디오만 봐도 알잖
아요? 삶을 결정짓는 정수는
오직 '운'이라는 거.

1층의 말은 또한 사실이다.

#벤틀리컨티넨탈 #놀렐스청콤
#타고끼고여친이랑미술렝고고

재산도 키도 외모도 머리도 재능도
모두 물려받거나 타고나는 것
어느 것 하나 내 의지로 선택할 수 없는 것.

#가다스타그램 #김씨좀제발좀
#왕년에운운그만하고닥쳤으면

운 좋은 인간은 다 가지고 태어나고
운 없는 인간은 못 가지고 태어나는
그냥 그걸로 시작점이 갈리는 인생.

이지만, 1층이 하나 간과하고 있는 건
그 운이 삶의 '시작점'을 정해주는 건 맞지만
'엔딩'까지 정해주는 건 아니라는 것.

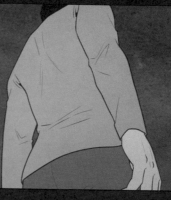

후욱.

내가 걸어갈 길이
포장도로냐 비포장도로냐의
차이는 분명 있지만

제가 먼저
뽑겠습니다.

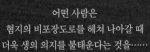

어떤 사람은
험지의 비포장도로를 헤쳐 나아갈 때
더욱 생의 의지를 불태운다는 것을……

아니, 내가
먼저 하겠어.

괜찮습니다 2층 님,
이번만큼은 제가 먼저…

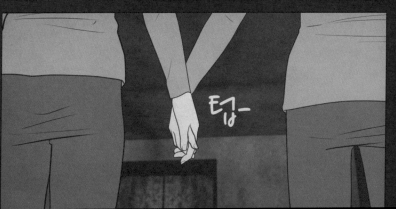

탁-

음?

내가 먼저 뽑게
해줘. 부탁할게.

2층 님의 표정에서 느꼈다.
나뿐만이 아니라는 걸.

생과 사의 갈림길에서
멈추거나 뒤돌지 않겠다 각오한 사람은
나뿐만이 아니라는 걸.

자자, 아무나 어서요!
시간은 금이라구요
여기선 비유가 아니라
진짜로요. 하핫.

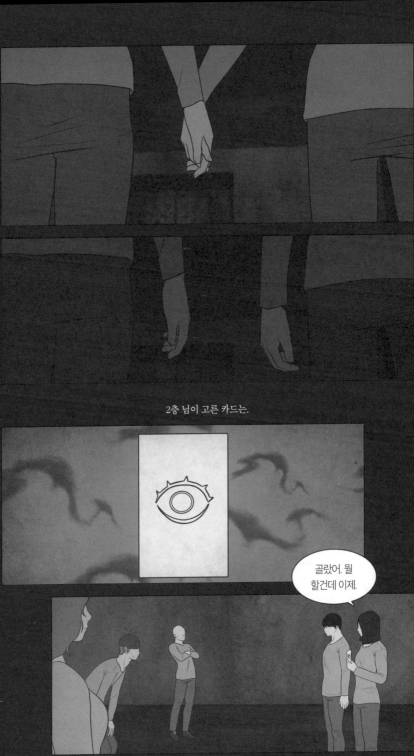

2층 님이 고른 카드는.

골랐어. 뭘
할건데 이제.

그런 실험을 들어본 적
있어요. 아니 실험이었나
기네스 도전이었나?
기억은 잘 안 나지만.

인간은 잠을 자지 않고
얼마나 버틸 수 있는가?
라는 실험이었죠.

생각보단 오래 버티더라구요.
열흘 이상이나. 물론 환각, 망상, 우울, 착란
등등 온갖 정신질환들은 다 겪었지만.

근데, 저는 그 기록 안 믿어요.
공인된 감독관 없이 한
'자발적' 실험이라 그래요.

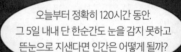

궁금하지 않아요?
전 너무 궁금하거든요.
윗분들도 그런걸 보고
싶어 하실 것 같은데.

제 말, 맞죠?

1층이 고안한 게임의 마지막 '재미'는.
마지막으로 먹으려 아끼고 또 아껴온 '재미'는.
인간실험.

< 제네바 협약 >

어떠한 경우에도, 심지어 서로 죽고 죽이는
전시상황에서도, 이것만큼은 하지 말자 협의한,
인간이 인간을 대상으로 행하는 인체실험.

미친 새끼……

234

알겠어.
그렇게 할게.

네, 그렇게 하셔야죠
그 외의 옵션은 없으니까.

그때.

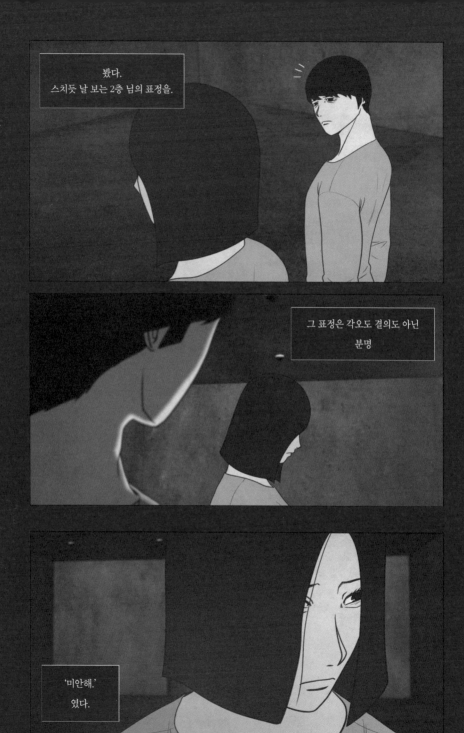

봤다.
스치듯 날 보는 2층 님의 표정을.

그 표정은 각오도 결의도 아닌
분명

'미안해.'
였다.

파이게임
P I E G A M E

#56

"추락 천사는 날개가 있다"

게임 시작 83일째.
밤.

2층 님이 고문실에 들어간 지도
무려
3일 하고도 12시간이나 지났다.

감히 상상조차 가지 않는다.

만 5일 동안을 꼬박
뜬눈으로 지새면, 인간은
어떻게 (망가지게) 될까?

궁금하지 않으세요
여러분은?

전 너무 궁금한데.

잠시의 졸음도, 한순간의 깜빡임도
허용하지 않는, 혹독한 백야의 시간을

어떤 상태일지.
어떤 심경일지.
어떤 상황일지.
상상조차 가지 않는다.

1층은 맛있는 피날레를 위해
오래 고심하고 공들여 채비했다.
고안해온 '장치'를 보자 바로 알 수 있었다.

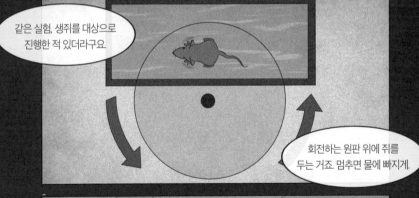

같은 실험, 생쥐를 대상으로
진행한 적 있더라구요

회전하는 원판 위에 쥐를
두는 거죠. 멈추면 물에 빠지게.

죽···어죽···

그래서 끊임없이
움직일 수밖에 없게.
깨어있을 수밖에 없게.

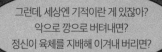

그런데, 세상엔 기적이란 게 있잖아?
악으로 깡으로 버텨내면?
정신이 육체를 지배해 이겨내 버리면?

내가 나를 이긴다.
는 말은.

그렇게 되면 귀중한 120시간만
날리는 거잖아. 뭔가 착각하고 있는 것
같은데, 그 시간, 네 거 아니야.

내가 내게 진다.
라는 말과도 같지.

주최 측이 준 시간이라고
비싼 상금 지불하고 추가해준 시간.

그러니 더욱, 시시한 엔딩은
안 좋아할 것 같은데?
좀 더 옵션을 붙이는 건 어때?

뭔가 생각해두신 게
있는 것 같은데,
말씀해보세요.

허를 찔렸다고 생각했을 것이다.
2층 님이 주최 측의 존재를 환기시킨 순간
함부로 거부할 수 없는 상황이 되었으니.

243

재미있을 수밖에.
1층 입장에선 잃을 게 하나도 없는 제안이니.

심플한 판별법이었다.

엄마이기에 가능한
심플한 판별법이었다.

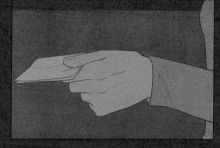

아, 이건…

그래. 내 딸
이름이야.

실험 끝난 후에 나한테
물어봐. 거기 적힌 이름.

바로 대답 못하면
정신이 나가버린 게 확실
하니 내가 진 걸로 할게.

괜찮네요.
이 방법으로 하죠.

그렇게
파이게임 속 미니게임이 시작됐고.

부디……

이겨내시길……

그렇게
게임을 가장한 고문은
지금도 계속되고 있고

후욱ー

후욱ー

그렇게 2층 님은 지금도
살아남기 위해 홀로 사투 중이다.

후욱ー

후욱ー

후욱ー

후욱ー

게임 시작 85일째.

불면실험
종료.

실험자와 피실험자와 참관인
그리고 주최 측이 다시 한 방에 모였다.

마침내
그 시간.

자, 그럼.

2층이 도발하고
1층이 수락했던 내기의 결과를
확인하는 시간.

기회는 단 한 번입니다. 질문
드렸을 때 바로 대답 못하시면
실패로 판정할게요.

2층 님.

따님 이름이
어떻게 되나요?

딸…

내 딸…
이름……

2층 남은. 힘겹게 대답했다.

이름을.

하지만
그 이름은.

쪽지에 적혀 있던
그 이름이 아니었다.

아핫!

아크아핫크핫!

실패!

실패입니다
2층 님!!!!

2층 님은 실패했다.
실패의 대가로 지불한 건 한쪽 귀였다.

관대하죠? 네 뭐, 도박에
실패하면 짝귀가 된다.
라는 상징적 의미 정도죠.

2층 님 몸 어떻게 해봤자
시간벌이도 안 되니까요

하지만 2층이 잃은 건
귀뿐만은 아니었다.

온전한 정신과
저항의 동력과
인간의 존엄을

잃었다.

아이고! 빨리
닦으세요! 광장 더럽히면
패널티라구요! ㅋ

2층에게 여러가지를 빼앗아
주최 측에게 바친 1층은
마땅한 치하를 얻어냈다.

343:19

343:

그럼 내일은···
3층 님 차례네요

때가 됐으니 하는 말이지만,
운이 없으셨어요

사실, 2층 님이
뽑으신 카드가

그러니, 오늘은 부디
푹 쉬시길 바래요 3층 님.

좀 더 난이도 낮은
쪽이었거든요

내일부터는 진짜 힘든
날이 시작될 테니까.

몸(뇌)도 마음(뇌)도 망가져버린 2층 님을 보자
날카로울 정도로 선명하게, 현실감이 들었다.

이젠 진짜, 나 혼자 남았구나.
이젠 진짜, 벼랑 끝에 다다랐구나.

내 두 손에
모두의 운명이
주렁주렁 매달려 있구나.

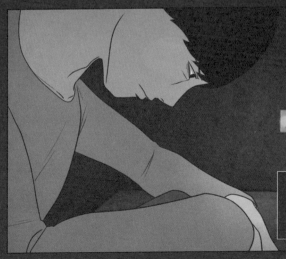

하지만, 마음만은 차분했다.
선택지가 사라지자,
고뇌거리도 사라졌다.

246,380,0

그래…여기서 더
잘못돼 봤자…

죽는 것밖에 남지 않은 사람이
강할 수밖에 없는 이유는
죽는 것밖엔 남지 않았기 때문이다.

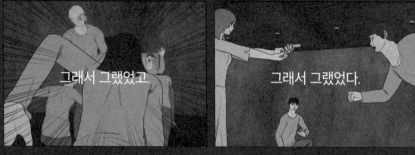

그래서 그랬었고.

그래서 그랬었다.

비로소 이해가 간다.
4층도, 2층도, 나와 같은 상황이었을 테니.
섣부른 선택지가 아니라 유일한 선택지였을 테니.

그런데…

아직, 하나 이해가 가지 않는 건
계속, 마음 한구석에 걸리는 건
2층 님이 내게 보여줬던 그 표정.

246,380.00

대체…무슨 말을 하고
싶었던 겁니까…

2층 님……

파이게임 - episode.56
〈 추락천사는 날개가 있다. 〉

끝.

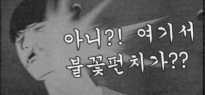

파이게임 - episode.57

〈 암청의 하늘과 암청의 바다는
그들이 하나라 믿고 있었다.
하늘을 찢고 나온 달이 바다를 비추기 전 까지는. 〉

많은 기대 부탁드립니다!

파이게임
PIE GAME

#57

"3층이 맞은 이유"

앞뒤 사정도 전후 인과도
도저히 이어지지가 이해가지가 않는다.

나, 왜 맞은 거지? 날, 왜 때리는 거지?

서둘러 기억을 더듬어
거슬러본다.

◀◀ REW

단서가 있었다. 게임이 끝날 뻔했단다.
게임 끝내려 한 사람이 나였단다.
라고 믿고 있다. 대체 뭔 일이 있었기에?

에 대한 답은
다행히 금방 들을 수 있었다.

배송구에 기어들어
가질 않나 남의 방에 숨어
들어가질 않나…

진짜 다 포기한 거예요?
그래서 그런 거예요?

정말로

6층 님 죽이고 3층 님도
따라 죽으려 했던 거예요?

죽이려 했다고?
죽이고 게임을 끝내버리려 했다고?

내가.

6층을?

왜 그러셨어요? 빨리
발견해서 망정이지 하마터면
진짜 끝날 뻔했잖아요.

6층의 목에, 뚜렷한,

교살 시도의 흔적이
남아 있었다 했다.

물어볼 게 많아요
3층 님.

질문들.

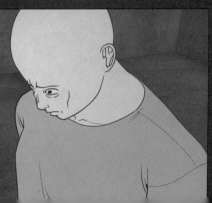

왜 실행 도중
그만뒀냐.

261

막상 하려니 목숨이
아까워져 그랬냐.

1F
(6층 거주중)

방문 잠겨져 있는데
어떻게 들어가고
어떻게 나왔냐.

등등의 질문 세례를 받았지만
어떤 질문에 어떤 대답도
돌려줄 수 없었다.

안 하는 게 아니다.
싫은 것도 아니다. 못 하는 거다.
내가 안 했으니까, 모르니까, 못 하는 거다.

왜 아무 말도
안 하시죠? 대답하기
싫으신가요?

그래요…대답하기
싫으시다…

아니, 싫은 게 아니라!
난 진짜 모르는 일이라고!
라는 항변을 시작할 틈도 없이

매타작이
시작됐고

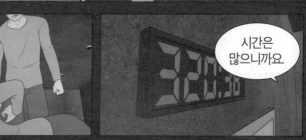

투콱-

생각 바뀌면 언제든
말씀하세요

꺼억-

흐각-

시간은
많으니까요.

퍽-

빠각-

삐엉-

콱-

옛 말 그대로, 매가 약이었다.
고통이 축적될수록 기억이 또렷해졌다.
쁘띠 주마등 비슷한 게 점멸했다.

그렇게 끝났다고?

그럼 참가 할 수밖에 없었겠네 이 게임. 빚을 그만큼이나 졌으면.

네 뭐, 그렇긴 한데……

사실 빚은 걍 핑계고, 한탕 하고 싶어 들어온 거죠. 돈 벌 생각에 눈 뒤집혀서.

2층 님은요? 2층 님도 못 버신 거예요 머니게임에서?

아니, 받았어. 2억 넘게…

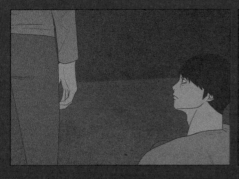

그래, 받은 거지.
내가 번 게 아니니까…

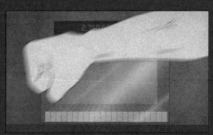

후웁.

그르륵.

X만 한 새끼가···
깝치고 있어······

여기 주먹 못 쓰는
새끼 누가 있다고···

왜, 너도 덤비려고?
할 거면 지금 하고.
몸 식기 전에.

투견장 같은 곳이었어
내가 있던 곳은.

전국구 싸움꾼, 특수폭행 전과자,
조폭 행동대장, 아드레날린 중독자
등등만 모아놓은…

하루가 멀다 하고 살벌한 싸움판이
벌어지는, 피비린내가 가시지 않는,
그런 곳이었어……

그 투견판에서 나는
가장 약한 개였어.

약하니까, 사리는 것밖엔
할 수 없었어. 시작부터 끝까지.

누구의 비위도 거스르지
않고, 그렇게 비굴하게 연명해서
받은 거야…상금…

그나마도 금방 써버렸지.
아니, 쓴 게 아니라 갚은 거지만.
다중채무. 딸 병원비 대느라 사채
빚이 눈덩이처럼 불어나 있었거든.
그래서 다시 올 수밖에,
다시 할 수밖에 없었어.
그래도 다행이라
생각해. 왜냐면.
나 혼자였다면, 지킬 게 없었다면,
벌써 다 포기했을 테니까.
하루에도 수백 번씩
딸 이름을 되뇌이면서……
버틸 수 있었으니까……

잊을 리가 없지.

중증 치매 환자도,
기억과 추억 모든 걸 잃은 그들도,
낳고 기른 자식의 이름만은
결코 잊지 않으니까.

그건 기억이 아니라 각인이니까.
그렇기에 먹고, 마시고, 싸는 방법마저
잊어버리더라도 그들은, 부를 수 있는 거니까.

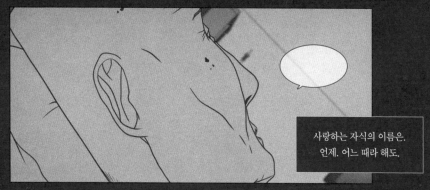

사랑하는 자식의 이름은.
언제. 어느 때라 해도.

그걸 알고 있기에,
2층 님은 그런 제안을 한 것이다.

내 딸 이름 물었을 때
바로 대답 못 하면,
내가 진 걸로 해.

재밌겠네요
그렇게 하죠.

그 쪽지에 쓰인 이름은 가짜였다.
처음부터 딸의 이름을 적지 않았다. 그럴 수밖에 없었다.

뇌가 타버리고, 정신이 나가고,
사고가 조각나고,
멘탈이 부숴진 상태에서

물을게요 딸 이름이
어떻게 되나요?

누군가 딸의 이름을
묻는다면

반사적으로 그 이름이
나올 수밖에 없을 테니.

271

2층 님을…
데려와 주세요

뭐라구요?

궁금하시다 했으니…
알려 드릴게요…
2층 님 데려와 주세요

어쩌면 그럴 수도 있었다.
지금이 바로 그때일 수도 있었다. 2층 님에 진 빚을 갚을.

언젠가…
언젠가는 꼭…

게임 종료 시도는 미수가 되었으니
적어도 당장 죽이진 않을 테니
다 뒤집어쓰고 2층 님을 보호할 수도 있었다.

꼭…

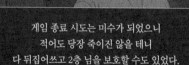

하지만, 그러지 않기로 결심했다.
그런 물렁한 생각은 관두기로 했다.

인간이 아닌 인간을 마주하기 위해서는
인간 이상의 존재가 되거나

인간 이하의 짐승이 되어야 하니까.

2층님… 이죠?

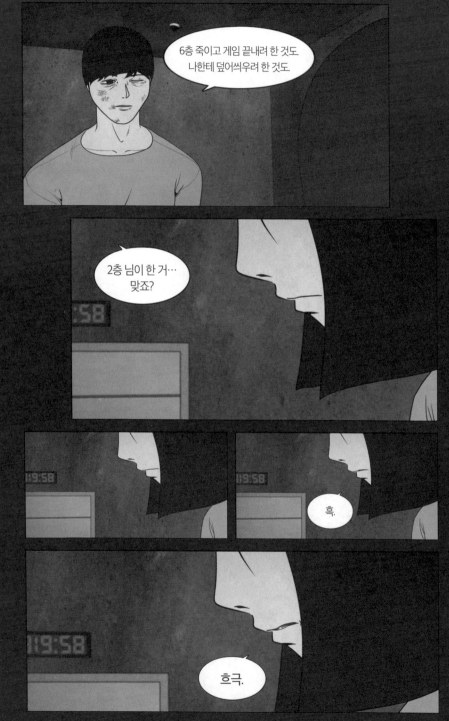

274

2층은
오열로 자백을 대신했다.
눈물로 사실을 인정했다.

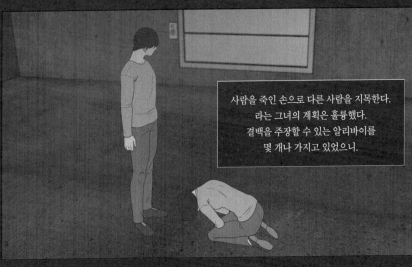

사람을 죽인 손으로 다른 사람을 지목한다.
라는 그녀의 계획은 훌륭했다.
결백을 주장할 수 있는 알리바이를
몇 개나 가지고 있었으니.

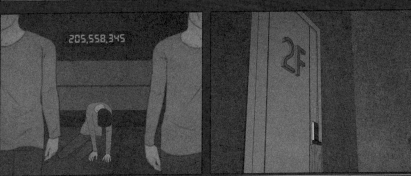

205,558,345

정신이 나간 것처럼 보였고,

본인의 방문은 막혀 있었고,

사람을 죽일 수 없다
공언까지 했으니.

못해… 내 딸이 살인자
엄마 두게 할 수는 없어…

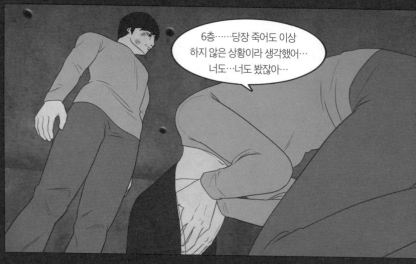

6층……당장 죽어도 이상
하지 않은 상황이라 생각했어…
너도…너도 봤잖아…

그 사실이 결행의 동력이 되어준 것이겠지
멀쩡한 사람을 죽이는 건 힘들지만
죽어가는 사람을 편해지도록 돕는 건
상대적으로 쉬운 일이니까.

그런데 아니었어…
6층… 6층은……

그렇게 살금 6층 님을 죽인 후, 3층 님에게 덮어씌울 생각이었다······

아, 이제 이해가 가네요 2층 님, 3층 님 '마술' 보고 힌트 얻으신 거죠?

도시락 내리는 타이밍에 맞춰 배송구 타고 잠긴 1층으로, 거기서 6층 님을 죽인 후 또다시 아래로 내려가면

2F

1F

어쩌면 본인 방으로 되돌아올 수 있을지 모른다는 도박에 걸어본 거죠?

UNDER GROUND

2층의 예측도, 1층의 추리도 정확했다. 도박은 성공했으니.

주최 측이 그냥 죽게 둘 리 없죠, '재미'를 최우선 하는 분들이니까. 그거 알고 하신 거죠 3층 님?
나 때와 마찬가지로, 주최 측은 2층을 곱게 본인의 방으로 돌려보냈다.
이야, 재밌네요, 모르는 새 그렇게나 많은 일이 있었다니.
근데… 더 재밌는 사실이 뭔지 아세요?
동맹이니 연합이니 피… 아니, 담배를 나눈 형제니 해도. 결국 이런 거더라구요.

이게 인간의 민낯이에요.
남을 위하는 것도 결국 자신에게
이득이 될 때만, 이용 가치가 있을 때만
그런 '척'하는 것뿐이라는 거.

인정하시죠? 위선자 분들?
궁지에 몰리니 결국 동료도 뭣도
없어지는 거, 맞죠?

아, 하긴, 동료보단 딸이
우선이긴 하지만. 하하.

1층의 신념은 단 한 번도 변한 적 없다.
쓰임새가 없는 인간에겐 어떠한 기회도 아량도
주거나 베풀 필요가 없다는, 그의 신념은 확고했다.

미안해… 정말 미안해…
미안해 3층……

그러니까
나는.

미안해하실
필요 없어요 2층 님.

그렇기에
나는.

지금부터, 내가 맞은 거에서
정확히 두 배만큼 돌려줄 거니까.

훌륭한 쓰임새가 있는
인간이 되어야 한다.

어금니 꽉 깨물어요.
턱 나가기 싫으면.

파이게임
PIE GAME

#58

"삶과 죽음의 기로"

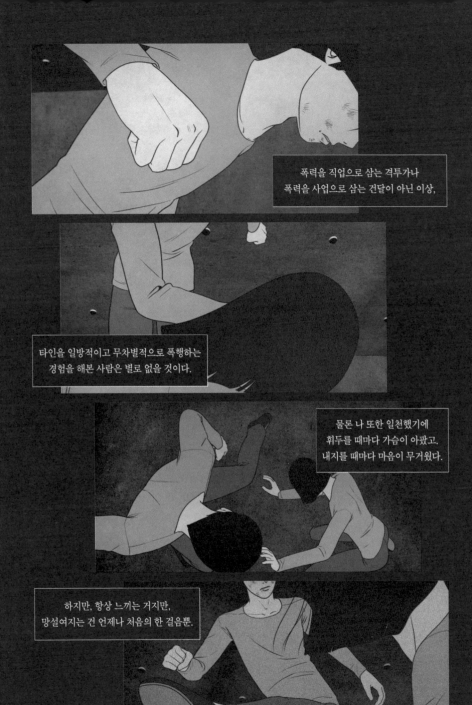

폭력을 직업으로 삼는 격투가나
폭력을 사업으로 삼는 건달이 아닌 이상,

타인을 일방적이고 무차별적으로 폭행하는
경험을 해본 사람은 별로 없을 것이다.

물론 나 또한 일천했기에
휘두를 때마다 가슴이 아팠고.
내지를 때마다 마음이 무거웠다.

하지만, 항상 느끼는 거지만,
망설여지는 건 언제나 처음의 한 걸음뿐.

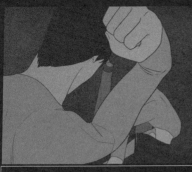

그 시작의, 낯선 첫 경험의 벽을 넘으면,
이내 곧 덤덤해진다. 심지어 담담해진다.

가슴이 아프다. 라는 감정은 곧
주먹이 아프다. 라는 감각으로 대체됐고

물러간 연민의 자리를 대신해 자리잡은 감상은
놀랍게도
증오와 혐오였다.

내가 널 때리는 건 합당한 이유가 있어.
난 나쁜 사람이 아니야, 네가 나쁜 거야.
그러니 이건 정당한 체벌이야.

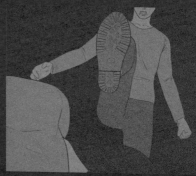

라는, 자기방어기제가 발동되자
죄의식이 묽어지자 마음이 가벼워지자

그만큼 더
폭력은 무거워졌

자, 거기까지 할게요.

멈칫-

두 배 넘으셨어요
3층 님.

어휴, 진짜 때려죽일
셈이었어요? 그게 3층 님 플랜?
큰일나요 그러면.

그제서야 정신이 돌아왔다.
1층이 말리지 않았다면. 어쩌면.

어쩌면, 진짜로.
이성이 마비당해
분노에 잠식당해
2층 님을······

거기까지 생각이 미치자
번쩍. 제정신이 돌아왔다.

비로소 제대로 된 사고를
할 수 있었다.

감사합니다
1층 님…

1층 님 말이 맞아요
말리지 않았으면 진짜…
저 진짜, 그랬을지도…

그런데.

2층 님은 어째서
그러지 않았을까요?

말리는 사람도
보는 사람도 없었는데.

1F

사실은, 안 죽인 게
아니라 못 죽인 게
아니었을까요?

어째서 6층을
죽이지 못했을까요?

나 또한 2층 님과 같은 생각이었다.

피칠갑되고 헤집어진 6층의 상태를 보고
얼마 버티지 못할 것이라 생각했다.
그렇기에.

실수했습니다…
6층 님이… 죽었어요…

용서하세요 오만했던
제 불찰입니다.

하, 하하……

드디어…
끝인가……

위층이 마련한 쇼에
의심 못하고 믿고 속았던 것이었다.

짜잔~
몰카였습니다~
하지만 이젠 안다. 쇼는 그 이전부터 이미 시작이었다는걸.
아까 1층 님이 했던 말 중에, 납득 안 가는 대사가 하나 있었어요.
대답해 보세요 3층 님.
막아놓은 1층에 어떻게 들어갔다 나왔는지.
못 느끼고 있었어요, 이상한 점. 그냥 관리 편하게 막아놨구나. 정도로만 생각했었어요.
CAUTION KEEP OUT
하지만 생각해보면 말이 안 돼요. 거동도 못하는 상태라면 굳이 1층 방문을 막아놓을 이유가 없죠.
멀쩡한…아니, 멀쩡하진 않겠지만, 6층, 적어도 목숨이 위태로운 상황은 아닌 거죠?

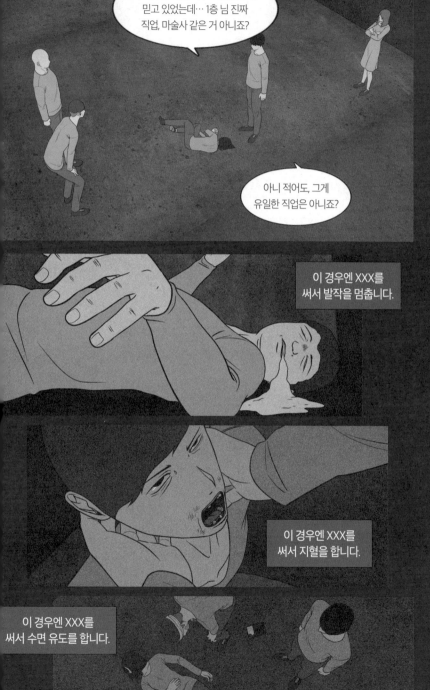

모아놓으니 보였다. 그럴 리 없다는 걸.
전문 지식 없는 일반인이 각종 약에 대해
그렇게 풍부한 지식을 가지고 있을 리 없다는 걸.

그러니까 1층 님이
가진 원 직업.

마술사가 아니라.

의료직 종사자···
인 거죠?

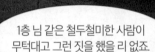

1층 님 같은 철두철미한 사람이
무턱대고 그런 짓을 했을 리 없죠.

처음부터 자신 있었던 거죠?
배를 가르고 피를 뽑고 팔을 잘라도
죽이지 않을 자신이?

뭐 이번에도……
세모. 반만 맞은 걸로
해드릴게요.
어둠 때문에, 또 패닉 때문에
제대로 못 보신 것 같은데, 개복도
절단도 한 적 없어요 저는.

아무리 전문 지식이 있다 해도 이런 열악한
환경에서 그런 외상을 수습하는 건 힘들죠.

그러니 다시 한번 잘 떠올려 보시기 바래요.

그날의 기억을.

랩핑 안에 차 있던 게 피였는지
소독약이었는지 지혈제였는지

정체 모를 약품향이
뒤섞인 강하고 역한 냄새가
코를 찌른다.

개복을 한 건지 피부 절개를 한 건지.

어두워서 거의
보이지 않는다.

팔이 절단돼 있었는지
뒤로 꺾여 있었는지.

너무 잔혹해 똑바로
쳐다볼 수가 없다.

아······

1층의 설명은 그 후로도 한참이나 계속됐지만.
전문용어가 대부분이라
내용의 반의 반도 알아들을 수 없었다.

하지만,
뉘앙스만은 확실히 알 수 있었다.

포비몬요오드를 닐리리마이드산을
볼트론파제주를 막 발랐다 말렸다
꽂았다 뺐다 막.

카테타를 드레싱을 스티치를 쏘잉을
막 쑤셨다 풀었다 들었다 놨다 막.

1층은.

normal sell line 에
text rose heart man이랑
anti bicycle이랑 vitamin K2를
막 넣었다 뺐다 찔렀다 말았다 막.

파이게임을 시작한 이후 그 어느 때보다
들떠 있다는 걸.

뭐 나름 최선을 다하긴 했는데
아쉽게도 몇몇 영구장애는 남아 있겠죠.
잘난 외관도 좀 망가졌구요. 하하.

그래도 생명에 지장은
없으니 걱정 안 하셔도 돼요

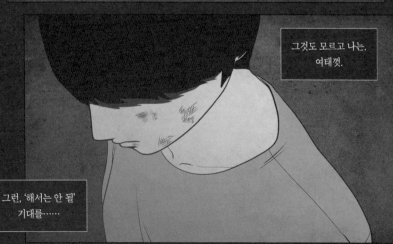

그것도 모르고 나는,
여태껏.

그런, '해서는 안 될'
기대를……

어휴, 제가 믿음을 충분히 드리지 못했나 보네요

흠음…

말씀드렸잖아요 3층 님. 저, 이 게임에서 누구도 죽게 내버려두지 않는다고

만화영화 주인공이나 내뱉을 법한 대사.

나만 믿어!

같은 말이지만 정반대의 뜻을 가진 그 대사를 1층의 입을 통해 듣자.

누구도 내 눈앞에서 죽게 내버려두지 않을 테니!

격렬히 욕지기가 치밀어 올라왔다.

희망이 되어줄 좋은 소식은
이 난장 이벤트를 거치며 얻은 것도 있었다는 것.

누명과 오해로 모질게 매를 벌었지만
그 맷값으로 귀중한 걸 얻어냈다는 것.

1층도 모르는 게 있다는 사실을.
헛집거나 놓치는 게 있다는 당연한 사실을.

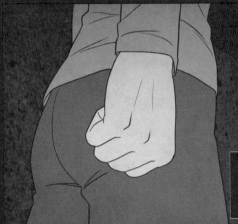

이 당연했지만, 늘 압도당해,
잊고 있었던 사실들을 확인한 것만으로도
돌파구를 찾을 희망이 생겼다.

남은 문제는.

3층 님은 검은색
카드였죠?

문제는, 이 각오를 온전히 간직할 수 있는
온전한 정신을 유지할 수 있는가의 기로에 섰단 것.

퀴즈 흰 카드가 불면 실험
이었다면, 검은 카드는 뭘까요?

248,980,000

또 무슨 X 같은 걸 준비한 걸까.
백 카드가 불면이라면
혹 카드는 영면인가?

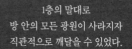

1층의 말대로
방 안의 모든 광원이 사라지자
직관적으로 깨달을 수 있었다.

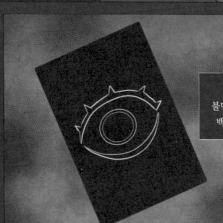

검은 카드의 뜻은
불면의 반대를 뜻하는 게 아니라
백야의 반대를 뜻하는 것임을.

그리고 이 5일이
삶과 죽음의 마지막 기로가
될 것이라는 걸.

파이게임
P I E G A M E

#59

"아무 자극이 없을 때 뇌가 만드는 것들"

3층 님은 혹시.

간츠펠트 효과.
라는 말 들어보셨나요?

아시다시피 뇌란 건 말이죠,
365일 24시간 내내 외부 자극을
받아들여 처리하는 일을 해요.

깨어 있을 땐 물론이거니와
잠들었을 때도 쉼 없이.
그게 뇌의 본업이니까요.

그런데, 뇌가 이 작업을 하지
못하게 막으면 어떤 일이 벌어질까?
즉, 완전한 시각 박탈 상태에 놓인다면
뇌는 어떤 반응을 보일까?

이러한 호기심을 바탕으로 설계된 실험이 있었어요. 완전한 암흑과 완벽한 무음의 공간에 사람을 넣어 관찰한.

반응은 즉각적이었죠. 피실험자들은 실험 내내 지독한 환각과 환청에 시달렸고,

심지어 자해를 하기도 했대요.

실험이 끝난 후에도 인지장애나 현실감각 박탈 등의 후유증에 시달렸구요. 아, 피암시성 증가는 보너스.

그러니까……이틀.
대부분의 피실험자는 이틀을 넘기지 못했다는데, 궁금하네요. 3층 님은 며칠이나 버텨낼지
……가 너무 기대되는데, 아쉽네요. 주최 측 분들만 이 광경 보고 즐기실 수 있을 테니까
뭐 어쩔 수 없죠. 우린 광대들이지 관객이 아니니까. 좋은 쇼 제공하고 공연료 두둑이 챙기는 게 소임 아니겠어요?
그러니까… 3층 님.

부탁인데,
죽지는 마세요.

저, 3층 님한테 거는
기대가 크니까요.

그럼, 부디.

편히 쉬시길.
3층 님.

철컹-

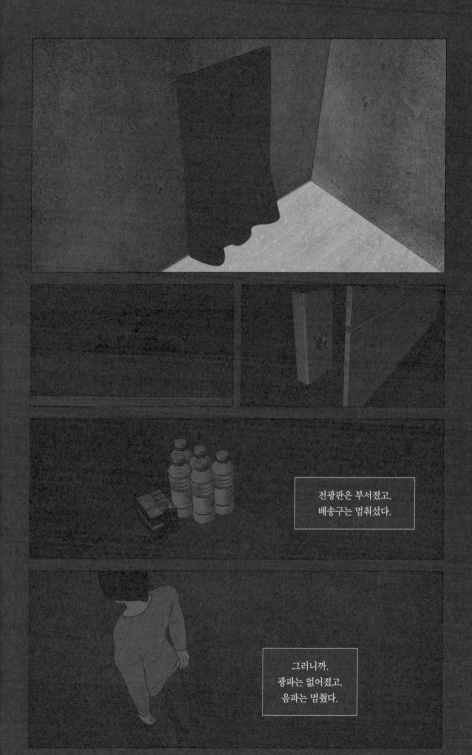

전광판은 부서졌고.
배송구는 멈춰섰다.

그러니까.
광파는 없어졌고.
음파는 멈췄다.

완전한 암흑과
완벽한 무음을 견뎌야 하는
5일간의 암실실험 시작.

하필…

이라는 생각에
입맛이 썼다.

하필, 죽을 각오로 정신을 가다듬은 이 시점에
하필, 정신을 망가뜨리는 실험을 기획하다니.

이것조차 의도한 수순이라면
말문이 막힐 정도로 철두철미한 인간.

바보가 되어라ㅡ 뿅!

뿅뿅!

이라며 지레 겁먹었을 테지만.
만들어진 공포에 사로잡혀 있을 시기는 지났다.
공포는 대개 그 실체보다 과장돼 있는 법이니.

그러니.

후우우ㅡ

후우우우우ㅡ

어둠과 무음이란 실체 없는 공포에 잡아먹히지 않고,
허락된 사색의 시간을 유용히 활용하기로 했다.
수십일을 거뜬히 면벽수행하는 구도승의 마음으로.

살아 돌아갈 비상구를
차분히.
탐색해보기로 했다.

몇 시간이나
지났을까.

걱정했던 것과는 다르게 정신은 멀쩡했다.
오히려 시간이 흐를수록 머리가 맑아지는 게 느껴졌다.

견딜 수 있단 확신이 들자
공포가 걷히고

공포가 걷히자
비로소 어둠을 마주할 수 있었고

마주하자 확신이 들었다.
이대로라면 괜찮다.
5일이든 50일이든.
얼마든 견뎌낼 수 있다.

라는 온건한 확신이.

굳건한 희망으로 바뀌려 하는.
그.

지이이-

순간.

파지직-

칵!

전광판에 남아 있던 잔여 전류가
스파크를 일으켰고.
잔잔했던 마음에 난반사를 일으켰고.

크으...

그 순간, 평온은 깨져 버렸다.
뇌는, '빛'의 존재를 떠올려 버렸다.

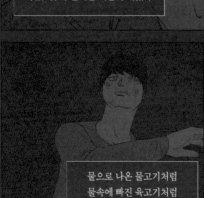

물으로 나온 물고기처럼
물속에 빠진 육고기처럼
펄떡거리며 또 허우적거리며

필사적으로 빛의 자극을
탐하기 시작했다.
이에 필사적으로 환각을
만들기 시작했다.

5분에 만원 돈복사 찬스!

갓직히 놓치면 X신

하루만 버텨도 우와 288만원

부자되기? 개쉬운데요?

그 순간, 의심이 들었다.
타의로 사람을 미치게 하는 건 어둠이지만
자의로 사람을 광기에 빠져들게 하는 건 빛이 아닐까? 라는.

물러서!!!

'나는 이길 것이다.'

마침내 해,해냈네요…

'나는 성공할 것이다.'

구매환율, 전 게임에 비하면 완전 혜자예요!!

'나는 벌 것이다.'

하루 288만원 적립이니까, 100일만 버텨도 거의 3억…

'즉.'

'나만은 다를 것이다.'

아, 안돼……

다시
호흡을……

다시… 다시…
다시……

기로.
평온의 세계로 재진입하느냐.
광란의 세계로 입장하느냐의.

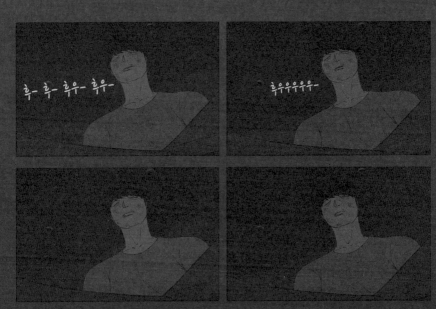

이제 됐나? 이쯤으면 됐겠지?
라는 생각과 동시에 떠오른 불안은,
이 자문들이 확신이 아니라 의문이라는 것. 그리고.

이 불안은, 이 환경에서는, 더없이 치명적이라는 것.

간츠펠트 효과란.

빛이 완전히 차단된 공간에서 어떠한 시각 자극도 받을 수 없는 상태가 지속되면

뇌는 스스로 거짓 신호, 즉 환각을 만들어 절대적 감각 박탈을 피하려 하는데.

이 현상을 칭하는 심리학 용어가 바로 간츠펠트 효과입니다.

뇌란 거, 참 신기하지 않나요 3층 님?

아하.

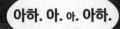

아하. 아. 아. 아하.

뭐

지?

뭐가 어떻게 된거지 이거

이거 어떻게 뭐 뭐가 어떻게 이거 왜보이는 거지

확[정돼;]
쓰다.

이 러"다 가는"
5 일 2아니2 라
'못{ 버'턱(다) 이 건 5일
아 니[라 5시]간도/

5시간도 못 버티고
댁각뎍작
위적위적

휘적휘적
휘적휘적
휘적휘적
휘적휘적
휘적휘적
휘적휘적
휘적휘적
휘적휘적

끝!

그래그래그래그래 인간은 어쩌면 그저.

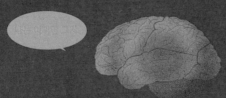

사회화란 포장지로
잘 포장된

간과한 건 조건의 차이.
공식적 '실험'은 피실험자가
손을 들면 언제든 중단 가능했지만.

이 '실험'은 아니다.
미쳐도 돌아도 끝나지 않는다.
사실은 미쳐 돌아가길 매우 기대한다.

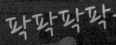

일보 직전.

일보 직전.

일보 직전.

일보 직전.

일보 직전.

미치기.

어.

！

이거……

사람들은 그렇게 말한다.
담배는 언젠가 사람을 죽인다고

나는 그렇게 말하겠다.
담배는 언젠가 사람을 살린다고.

(라이터!!!)

빛이 있으라.
능히 부활하리라.

라며,
잠시 희망의 불씨를 피울 뻔했지만.

차작- 차작- 차작- 차작- 차작- 차작- 차작- 차작-
차작- 차작- 차작- 차작- 차작- 차작- 차작- 차작-
차작- 차작- 차작- 차작- 차작- 차작- 차작-
차작- 차작- 차작- 차작- 차작- 차작- 차작-
차작- 차작- 치킨- 차작- 차작- 차작- 차작-
차작- 차작- 차작- 차작- 차작- 차작- 차작-
차작- 차작- 차작- 차작- 차작- 차작- 차작-
차작- 차작- 차작- 차작- 차작- 차작- 차작-

그딴 건 없었다.
불을 켤 가스도.
스파크를 낼 부싯돌도.

이…씨이…

그럴 리 없었다. 4층발 방화사건이 있었는데
불속성 아이템을 그냥 뒀을리도.

그러니까.
끝.

남은 엔딩 분기는 세가지

미쳐치거나.

죽죽거나.

미쳐서 죽거나.

미치는 건
잠시만 미루고.
여기 좀 봐봐.

절망하긴 일러.
빛은 아직 남아 있으니까.

처음부터 네 손에
있었으니까.

무슨 말인지 모르겠어?
1층, 치명적인 실수 한거라고

5일 후.
게임시작 91일째.

똑똑똑똑-

3층 님, 들어가도
될까요?

끼이이이이-

327

뭐하세요? 설마 노크소리에 놀라 죽어버린 건 아니죠? 하하.

어때요, 5일 암흑 챌린지 견딜만 하셨나요?저 너무 궁금한데 얘기 좀 해주세요.

아닙니다.
노크 소리에 죽지 않았습니다.
실은 감사인사를 올리고 있었습니다.

저기 3층 님? 저 무안하니까 대답 좀.

5일간의 평온한 사색의 시간을 주셔서.
그리고.

그 5일 동안 네 모가지를 딸 방법에 집중하게 해줘서.

파이게임
P I E   G A M E

#60

"1층이 너를 죽이려 한다"

게임 초반엔 이런 생각을 한 적 있었다.
나뿐 아니라
다른 참가자들의 생각도 비슷했을 것이다.

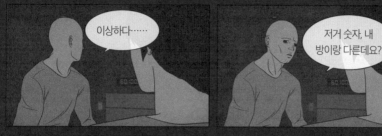

이상하다……

저거 숫자, 내
방이랑 다른데요?

다들 알고 있었어요?
층마다 상금 다른 거!

층별 적립상금 차이가
이렇게나 크다면

엿 같은 운빨존망 겜……

아래층은 한푼이라도
더 벌기 위해
게임의 지속을 원할 것이고

7F 1,317,100,000

위층은 리스크 관리를 위해 적절한
타이밍에 게임을 끝내고 싶어 할 거라고.
그게 합리적 판단이라고.

1F 188,157,144

리스크 관리를
왜 해야 하죠?

리스크를 제거해
버리면 되는데.

처음부터 그럴 계획이었고
계획대로 잘 실행하였고
잘 실행된 계획의 결과로 남은 건.

겨우 이것
↓

머리가 좋거나 기술이 좋거나 언변이 좋았던
리스크의 불씨들은 모조리 꺼져버렸고

겨우 이딴것.

단순 머릿수로만 봐도 3:1 구도
지력이나 무력을 수치화해서 합산해보면
그보다 훨씬 크게 벌어지는 격차.

슬슬 걱정(기대)되네요
몸(정신) 많이 안 좋으신가요
3층 님?

현실적으로 이길 수 있을 리가 없다.
못가진 하층민이 다가진 상류층을 극복하거나
역전하는 그런 영화 같은 스토리는.

아, 눈부셔서 그래요? 그럴 수도
있겠네요 5일 동안 암실에 계셨으니 갑자기
밝은 빛 보면 시신경 타버릴지도.

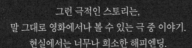

그런 극적인 스토리는,
말 그대로 영화에서나 볼 수 있는 극 중 이야기.
현실에서는 너무나 희소한 해피엔딩.

전광판 수리는 무리지만, 버튼
램프 정도는 교체해 드릴게요.
천천히 적응해 보세요 3층 님.
이란 생각은, 하지만,
5일 전까지의 내 생각.
그 정도는, 고생하신데
대한 선물로 드ㄹ……
으어아어!!!
으갸아으아으악이!
컥!

335

1층이 의도치 않게 허락한 이 격리의 시간은
'필드'를 벗어나기에 충분한 시간이었다.

좋든 싫든, 사람은 사회에서
타인과 관계 형성을 하고 그 관계를
유지, 갱신하며 살아가게 되죠.

집에서 가족과, 학교에서 친구와, 직장에서는 선후임과. 이 관계들이 늘 밝고 건강하게 유지되면 참 좋겠지만

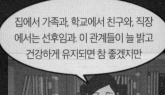

문제는, 갈등의 양상이 시간이 지날수록 힘을 가진 쪽, 즉 강자가 약자를 억압하는 구도로 고착되는 게 전형적이란 것이죠.

현실은 만화동산이 아닌 지라 관계 간 갈등은 빈번히 발생하게 마련입니다.

상담하러 오시는 분들의 고민은 대부분 비슷해요 수백 수천 번 거절해보자 맞서보자 저항해보자 각오를 다져도

부모	➡	자식
일진	➡	왕따
상사	➡	부하

막상 억압자를 마주하면 머릿속이 하얘지고 입이 굳게 닫힌다고.

안타깝지만 전형적인 반응입니다. 오랜 시간에 걸쳐 그렇게 학습되었고 학습이 길어져 고착되었기 때문입니다.

Dr. 로베이
덴탈훈련소

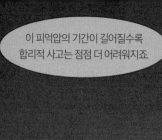

이 피억압의 기간이 길어질수록
합리적 사고는 점점 더 어려워지죠.

가억압자를 이해하거나 심지어 숭배하는
등의 자기방어기제를 보이기도 합니다.

그렇다면, 이 고착에서 빠져나올 수
있는 방법은 무엇인가? 그러기 위해
가장 먼저 해야 할 일은 무엇인가?

라는 물음에 대한 제
대답은 언제나 같아요

가해자와 함께 있는 '필드'를 벗어나라.
그래야 비로소 이성적 사고가 가능해질 것이다.

자! 유익하셨다면 구독과
좋아요 부탁드ㄹ

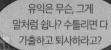

유익은 무슨, 그게
말처럼 쉽나? 수틀리면 다
기출하고 퇴사하라고?

338

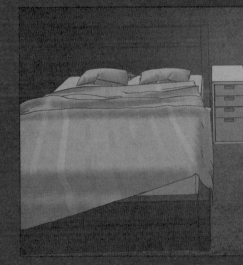

이곳은 7층.
스튜디오의 최상층.
그러니까 펜트하우스.

1,323,400,000

5층 방문 때도 쾌적한 환경에 놀랐었지만,
이곳에 비하면 그곳은 그냥 움막 수준.

저, 궁금한 게
있는데요.

네, 말씀하세요

5일, 어떻게 견디셨어요?
1층 님 설명대로라면 엄청
가혹한 조건이었을 텐데.

…잤습니다. 그동안
제대로 쉰 적 없어서 피로가
쌓여 있었거든요.

흐음…

그랬군요 좋은 휴식
되셨겠네요.

당연히 믿지 않는 뉘앙스.
하지만 상관 없다.
믿으라고 한 말도 아니다.

내 카드를 보여주기 싫다는
표현이었을 뿐.

그럼 다른 질문. 나한테
신호 보낸 이유요?

1,323,40

340

7층이 말하는 신호란.

2층 님이 내게 썼었던
그 수신호.

어린애라도 직관적으로 이해할 수 있는
간단하고도 명료한 메시지.

1층이 너를
죽이려 한다.

감수해야 할 리스크는.

1,323,410,000

깨끗하고 좋은 방이네요
쓰레기 한톨 안 보이는.

7층이 1층에게 이를 고발하는 순간
순식간에 패티행이 되어버렸을 테지만
그렇게 하지 않을 거란 확신이 있었다.

격리된 5일 동안 제가 할 수
있는 건 생각하는 것뿐이었어요

그동안 있었던 수많은 사건들을
곱씹고, 되뇌이며, 120시간을 꼬박.

확신의 이유 또한 간단하고도 명료했다.
위층 아래층 할 것 없이
참가자들은 돈을 벌러 온 사람들이니까.

본인 이익에 따라
언제든 이합집산 가능한 무리들이니까.

재밌지 않나요? 이게
인간의 민낯이에요

1,323,410,000

긴 고심 끝에 낸 결론은
웃기게도… 아니, 슬프게도 1층의
그것과 같은 것이었어요

남을 위하는 것도 결국 자신에게
이득이 될 때만, 이용 가치만 있을 때만
그러는 '척'하는 것뿐이란 거죠

맞아요. 60시간 정도
추가됐어요. 이젠 별로 흥미
없다는 사인이겠죠.

제 예상이 맞다면 2층
실험 때보다는 한참 적을 것
같은데. 맞나요?

7F	14.4 억
6F	7.2 억
5F	4.8 억
4F	3.6 억
3F	2.9 억
2F	2.4 억
1F	2 억

그럼 앞으로 별 특별한
이슈가 없다면

각 층에서 가져갈 상금은
대략 이 정도 선이겠네요

7F	1,440,000,000
6F	720,000,000

눈여겨봐야 할 건 7층 님의 상금과
6층을 차지한 1층의 상금 차이.

본인이 받을 상금보다 두 배나
많은 7층 님의 상금을.

1층이 순순히 포기할 거라
생각하는 건 아니죠?

칠흑같은 어둠 속에서
심해같은 무음 속에서

120시간 내내 고민하고 고뇌하고 고찰한
끝에 내린 결론은.

1층은 절대로
돈과 권력을 포기할 인간이 아니라는 것.

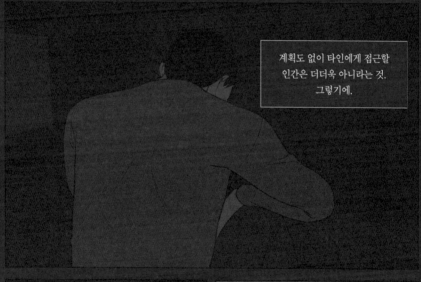

계획도 없이 타인에게 접근할
인간은 더더욱 아니라는 것.
그렇기에.

아세요? 카드로 층
바꿀 수 있단 거.

왜! 정말루요?

그럼 찢어버려야징~
그렇기에,
이 장면은 말이 안 된다.
후두두둑-
이제 방 바뀔 일은
없겠네요. 그쵸?
어느 누구보다 앞서
층별 상금 배율이 다르단 것과
카드로 층을 바꿀 수 있단 걸 깨달은 1층이
아무 방비 없이 이 결정적 정보를
넘겼을 리 없다. 그가 아닌 누구라도
그런 선택은 하지 않았을 거다.

안녕하세요 7층 님!
게임 시작 전에 잠시 이야기
나눴으면 해서요

여기까지 생각이 미치자 확신이 들었다.
1층이 7층에게 접근한 이유는.
가진 정보를 다 넘긴 이유는.

분명 기만이라고.
그러니 내가 해야 할 일은, 살아남을 방법은,
기만의 방법을 찾는 것이라고.

아하하하!

아하하하하하핫!

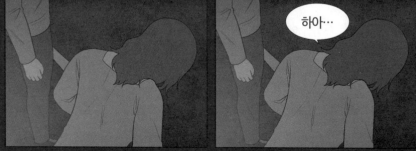

하아…

뭐 대단한 이야기라도 있나 했는데, 슬슬 시간 낭비 같단 생각이 드는데요?

323,430.0

턱-

3층 님이 저한테 신호 보낸 이유야 뻔하죠.

그리고 싶은 거잖아요. 우리 분열시켜서 싸움 붙이고, 혼란한 틈에 기습이라도 해볼까 하고

3층 님이 말한 내용, 저도 생각 안해본 게 아녜요 혹시라도 층이 바뀔 가능성 남아 있나 하고

하지만 아시다시피 카드는 찢어졌고, 계약서는 거절당했죠

심지어 카드 구매를 할 수 있나? 까지 생각해 봤다니까요? 하지만 이것도 당연히 안 되죠 카드의 가치가 잔여 시간 보다 압도적으로 커졌으니까요.

1,323,4

그저 이간질할 생각으로 찾아온 거라면 지금이라도 실토하시는 게 어떨까요? 그럼 벌, 덜 아프게 줄 테니까.

1,323,4

7층의 말은 완전한 자기 증명. 1층이 깔아놓은 덫을 짐작도 못하고 있다는. 완벽히 방심하고 있다는.

349

결정됐다.
승기는 내게로 넘어왔다.

보름 전.

4층이 연기로 위층은 죽이려 시도했던 그날.
1층이 그 시도를 무산시켰던 그날.

한껏 고양된 1층이
'어떤 말'을 했었는데,
혹시 기억나세요?

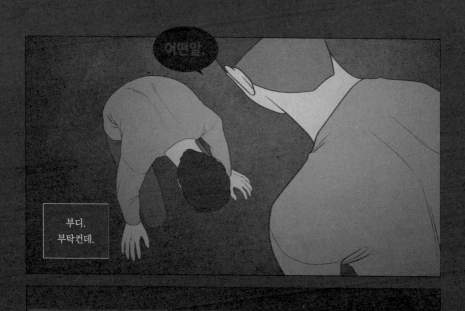

어떤말.

부디.
부탁컨데.

중요한 장면이니 기억을 잘
더듬어 보시기 바라요

그걸 떠올리는 순간.

그 대사가, 지금부터
제가 드릴 말의 강력한
증빙이 되어줄 테니까.

절대 함락되지 않을 거라 믿었던 너의 성이
산산이 무너져 내리는
짜릿한 경험을 하게 될 테니.

파이게임 4

초판 1쇄 발행 2024년 9월 27일

글·그림 | 배진수

펴낸이 | 김윤정
펴낸곳 | 글의온도
출판등록 | 2021년 1월 26일(제2021-000050호)
주소 | 서울시 종로구 삼봉로 81, 442호
전화 | 02-739-8950
팩스 | 02-739-8951
메일 | ondopubl@naver.com
인스타그램 | @ondopubl

Copyright ⓒ 2020. 배진수
Based on NAVER WEBTOON "파이게임"
ISBN 979-11-92005-56-0   (04810)
        979-11-92005-52-2 세트 (04810)